Avis de recherche pour balle perdue

Polar en Pays basque

Du même auteur chez Terres de l'Ouest Editions :
Du rififi sur la côte basque, 2018
Rappel sanglant sur l'Arbizon, 2019

http://www.terresdelouest-editions.fr
email : jugieau.benjamin@orange.fr
ISBN : 979-10-97150-69-3

Couverture Terres de l'Ouest Editions - réalisée à partir de crédits photographiques Adobe Stock : Backlight Silhouette of a Man in the Smoke © Eva Stembera

Philippe Pourxet

Avis de recherche pour balle perdue

Polar en Pays basque

Polars du Sud-Ouest

1

Biarritz, novembre 1978

Confortablement installé dans son fauteuil Chesterfield rouge bordeaux, Vixente Olazagasti s'adonnait à ses ablutions quotidiennes au cognac. Son regard se perdait sur chacun des objets qui l'entouraient. Le temps avait passé et se retourner pour contempler le chemin parcouru lui apportait toujours une grande satisfaction. Soixante-trois ans déjà. Il avait vu le jour dans une petite maison un peu à l'écart de Sare au cœur du Labourd. Dès l'adolescence, une seule voie s'était ouverte à lui, celle de la contrebande avec l'Espagne. Passer la frontière ne lui posait aucun problème. La montagne était son terrain de jeu et les gabelous français ou espagnols n'arrivaient jamais à le serrer. Question furtivité, il ne craignait personne. Un cador du marché parallèle, le Vixente ! Ses allées et venues firent bien vite sa réputation et améliorèrent grandement le quotidien de ses parents, journaliers dans les fermes voisines. Ses huit frères et sœurs profitèrent aussi de cette manne transfrontalière pour faire des études. L'un d'eux, Iban, finit même par devenir curé. Si les voies du Seigneur sont impénétrables, celles de la frontière n'avaient aucun secret pour le jeune Vixente. On lui passait commande de cigarettes ou d'alcool depuis Bayonne et bien vite le petit trafic devint une véritable entreprise. D'abord, une camionnette avec un double fond, un camion, puis deux et un bateau, puis deux… Une multinationale de la contrebande avec chauffeurs, secrétaires, comptables, porte-flingues et tout le toutim avait vu le jour. La Basco-Espingouine comme il s'amusait à la qualifier. La monnaie coulait à flots. Lorgnant sur ses comptes, le fisc n'y voyait pourtant qu'une prospère société de fret et de pêche. En pensant à cette période, Olazagasti sourit et baigna davantage ses molaires du fond dans l'excellent cognac de trente ans d'âge.

À vingt-cinq ans, l'ancien berger du Labourd avait déjà une excellente réputation dans le milieu fermé des gros bras du banditisme local. Rien ne lui faisait peur et surtout pas ceux du nord, les Bordelais, avec leur suffisance et leur condescendance affichées. Venus le mettre au pas, leurs représentants avaient nourri les sardines durant un temps au large de Saint-Jean-de-Luz. Après cette histoire de visite en apnée des fonds marins, nul n'osa lui imposer quoi que ce soit. Son territoire s'étendait sur tout le Pays basque et personne ne lui contestait cette suzeraineté.

Puis la guerre le mobilisa dans les Bat' d'Af'[1]. Discipline de fer, mais aussi endroit idéal pour se faire des relations honorables… Le véritable gotha de la faisanderie nationale se croisait dans ces bataillons disciplinaires. Négligeant le côté exotique de la situation, Vixente s'était concentré sur le relationnel. Ses nouveaux camarades d'arme étaient pour la plupart des pontes influents de la pègre parisienne ou marseillaise. Des types bien qui possédaient le même regard sur le monde que lui : L'oseille se ramasse au calibre et le travail est un gros mot qui ne s'applique qu'au corps de son ennemi. De retour au pays, il choisit le camp de la Résistance, celui des futurs vainqueurs. Sa connaissance de la frontière fit de lui le meilleur passeur d'aviateurs anglais ou américains et aussi de réfugiés. Pour ceux-là, une contribution financière s'imposait. Patriote, mais il fallait aussi compenser la mise en sommeil de ses activités d'avant-guerre et sa chute de revenus.

La Libération lui apporta l'honorabilité et accessoirement la Légion d'honneur. Il n'y attachait pas trop d'importance, mais le petit ruban rouge ornait tous les revers de ses costumes.

Les cigarettes et l'alcool c'était bien joli, mais pour fonder un empire, il fallait davantage. Du genre artil-

1. Bataillons d'infanterie légère d'Afrique

lerie légère et herbe qui rend nigaud. Pour les armes, aucun souci, il s'approvisionnait auprès de militaires américains qui stationnaient encore dans les bases comme celles de Captieux en Gironde. Quant au haschich, le Maroc et ses cultivateurs de marijuana halal offraient des millésimes exceptionnels. Ses bateaux de pêche rapportaient dans leur cale de quoi faire rire l'Aquitaine entière. Plus tard, dans les années soixante, la mode se tourna vers la cocaïne. Là, ça ne rigolait plus ! Le chiffre d'affaires s'affolait dans les colonnes de sa comptabilité, même si Olazagasti restait officiellement un modeste armateur inscrit au registre du commerce de Bayonne. Modeste. S'il y avait bien un attribut qui ne pouvait pas s'appliquer à Olazagasti, c'était bien la modestie. Sa maison au-dessus de Biarritz, face à l'océan, ressemblait plus au Petit Trianon qu'à un pavillon de banlieue. L'ancienne adresse d'un prince russe claquait sur sa carte de visite et en imposait aux pousse-mégots avec qui il devait parfois négocier.

En quarante ans de carrière, jamais il n'avait fréquenté d'établissements pénitentiaires ou alors seulement en simple visiteur. Le trou du Bat' d'Af' l'avait rendu pointilleux sur la qualité de la literie.

Pour faire court, Olazagasti avait réussi et en éprouvait plutôt de la fierté. La plupart de ses concurrents se tenaient à carreau ou entre quatre planches et l'avenir s'annonçait plutôt radieux.

Ces souvenirs allaient et venaient dans les vapeurs

du cognac et un sourire niais se dessinait sur son visage. Tout allait bien.

Mais que signifiaient ces crissements de gravier et ce bruit de moteur intempestif ? Qui osait perturber son album souvenir ?

Avec irritation, la dernière gorgée du nectar ambré fut avalée d'un trait. Finis la dégustation raffinée, les délices charentais. La colère emportait tout. La sonnerie de l'entrée déclina sa version du carillon de Westminster. Furibard, Olazagasti s'arracha de son fauteuil et se planta discrètement sur le côté de la fenêtre. L'inopportun était là, s'impatientant devant la porte et il le reconnut tout de suite. L'Attila des allées était une vieille connaissance : le commissaire Marty. Quinze ans déjà qu'il cherchait à le coincer, quinze années à fureter dans ses affaires, à lui coller au train. Pour le condé en chef, serrer le truand n'était plus un devoir, mais une véritable obsession qui tournait à la monomanie psychiatrique. Le commissaire connaissait tout des activités du malfrat, mais sans preuve, pas d'arrestation possible, pas d'interrogatoire au bottin ni de menottes trop serrées aux poignets…

Dans le genre justicier, Marty ne faisait pas penser à Batman par son physique, mais de sa cinquantaine grisonnante et bien tassée, se dégageaient l'aigreur et la frustration du fonctionnaire en fin de carrière. Son regard d'épagneul, aussi usé que son pardessus taupé, paraissait se poser avec nonchalance sur toute chose qui l'entourait. Ses passions se résumaient à ses chats et à la dégustation de cassoulet de son Lauragais natal. C'était tout. Côté carrière, rien à dire. Jamais un accroc, des résultats plus qu'honorables, mais pas de quoi flamber non plus. Il avait l'estime de sa hiérarchie. À l'approche de la retraite, Marty se posait la question fondamentale de l'efficacité de la justice. Sur Olazagasti, il avait fini par constituer un véritable dossier de plusieurs centaines de pages, mais n'y figurait pas même le commencement d'une preuve. Depuis le premier jour, il jouait au chat et à la souris avec le mafieux basque et c'était toujours la souris qui bouffait le chat.

Olazagasti lui avait tout pris : son sommeil, sa santé nerveuse et aussi son seul amour, Nicole. La jeune femme, michetonneuse à mi-temps, rêvait alors de devenir la nouvelle Brigitte Bardot, et lui le futur Eliot Ness avec en ligne de mire l'Al Capone d'Euskadi. Quel programme ! Toujours est-il que la belle avait plié les gaules au bout d'un an et s'était réfugiée dans le paddock d'Olazagasti. Toute la Côte basque s'était alors gaussée de l'infortune du policier. Cocu, et par son pire ennemi. L'esprit de vengeance avait pris le pas sur le devoir, mais rien n'y faisait, aucune preuve ne permettait de mettre fin à la carrière du truand. Quinze ans ! Le temps passait, pas la haine.

En lui ouvrant la porte, Nicole fit resurgir en lui tous ces souvenirs et la plaie s'ouvrit davantage, douloureuse. Foutu ulcère ! Elle était là, souriante et toujours aussi belle ; blonde avec sa moue capricieuse, ses grands yeux charmeurs et son corps de rêve de routiers. *Salope*, pensa-t-il sans rien laisser paraître.

— Bonjour Henri… Je suppose que tu désires voir Vixente ?

— Tu supposes plutôt correct…

Nicole ne releva pas l'acidité de la réponse et se contenta d'un signe de tête. Elle se retourna et le précéda à l'intérieur.

— Suis-moi.

Si elle savait… En d'autres temps, il l'aurait suivie jusqu'au bout du monde.

Quand il pénétra dans le grand salon, il trouva Olazagasti assis dans son fauteuil, un verre de cognac à nouveau plein dans la main droite. Il lui souriait. Au fond, le voir dans cette situation l'amusait.

— Très cher commissaire, comment allez-vous ? lui lança-t-il avec ironie. Que me vaut votre visite ?

— Quinze ans de prison ferme si j'arrive à prouver que t'es à l'origine de la tempête de blanche qui fait rage actuellement sur la côte.

— Voyons, c'est ridicule, commissaire, vous savez bien que toutes mes activités sont inscrites au registre national du commerce et des sociétés.

— Pas à moi, Olazagasti… Malgré tes grands airs, tes costards à trois cent mille et ta baraque de poupée, tu es resté la même crapule, alors garde tes grands airs pour ces messieurs du conseil municipal. Tu as beau arroser tout le monde ici avec ton pognon, pour moi tu seras toujours une ordure. J'ai même appris que tu as versé une forte somme à l'orphelinat de la police. Quelle touchante attention ! Remarque, quoi de plus naturel ? C'est tout de même toi et tes associés qui remplissez régulièrement cet établissement !

Le sourire d'Olazagasti se figea en un rictus féroce. D'un coup, le cristal du ballon de XO Fine Champagne éclata entre ses doigts crispés, ce qui réjouit Marty.

— Foutez-moi le camp ! hurla le truand. Vous n'avez rien contre moi, vous m'entendez ?

Le commissaire entendait bien et s'amusa de la situation. Avec lenteur, il plongea les mains dans les poches de son pardessus, sourit et lança :

— Tu perds tes nerfs, Olazagasti. Tu as beau prendre tes grands airs, tu resteras toujours ce petit contrebandier de Sare. Sans classe et sans envergure. Allez salut… Inutile de me raccompagner, je connais le chemin. Et puis soigne cette main, tu es en train de saloper le tapis avec ton sang.

2

Comme chaque matin depuis plus de vingt ans, Martin Èlissalde, la petite cinquantaine bedonnante, rangeait la recette de la veille dans un sac de sport. Avec son frère Beñat, il tenait un magasin d'articles de pêche et de chasse dans le quartier Saint-Esprit. Les différents rayons de leur petite boutique débordaient de cannes, d'hameçons, de mini-arbalètes, de fusils de chasse… enfin tout ce qui pouvait distraire l'amateur de plein air et l'amoureux de nature morte. Bien que jumeaux, les frères Èlissalde différaient sur bien des points. Calme et réfléchi, Martin était le cerveau de la fratrie. Amateur de pêche à la mouche qu'il considérait comme du grand art, il attendait chaque week-end avec impatience pour filer dès l'aube sur la Nive, le Laurhibar ou les proches gaves béarnais.

Beñat, l'autre Èlissalde, lui son truc, c'était plutôt les armes à feu. Ah, la subtile odeur de poudre quand on a vidé son chargeur de Beretta ! Ce bourdonnement exquis qui vous ruine les tympans pendant des heures et ces petites brûlures aux doigts quand le canon monte dans les degrés…

Rien de très extraordinaire dans le fond ; des plaisirs simples, comme celui d'aller boire un coup avec les copains de temps en temps dans un troquet du Petit Bayonne, même si ce coup était souvent suivi de plusieurs autres. À part ça ? Rien. Le temps filait avec monotonie, et tout semblait se répéter chaque jour avec le même rituel, des gestes identiques, à heures fixes. Côté sentimental, ce n'était pas vraiment la feria ! Pas de femme, pas d'enfants, pas même un petit câlin de temps en temps. La misère. D'aucuns diraient : une vie de merde. À ceux-là, je dis attention à ne pas juger trop vite son prochain… Mais ne pas trop s'y attarder non plus, histoire de ne pas attraper le bourdon.

Donc ce jour-là, après avoir avalé son bol de café au lait, Martin, le jumeau pêcheur, quitta l'appartement familial situé au-dessus de la boutique avec en guise de conseil de son frère, les sempiternels recommandations :

— Tu as tort de ne pas emporter un petit calibre avec toi. On ne sait jamais…

Martin secoua la tête et sourit. Qui pouvait s'intéresser à quelques centaines de francs ? De toute manière, il avait horreur de se servir d'une arme à feu.

La banque se trouvait non loin du magasin et

comme le soleil brillait déjà dans le ciel bayonnais, il décida de s'y rendre à pied. À quelques mètres du Crédit Lyonnais, il s'aperçut que son lacet était défait. Ne voulant pas risquer la chute, un prudent le Martin, il posa un genou sur le trottoir et s'engagea dans la confection complexe d'un double nœud. Quand, satisfait, il se releva, une fusillade s'engagea entre un gardien de la paix et une bande de contrevenants armés jusqu'aux dents. Le paisible boutiquier se trouvait au milieu de l'échange. Notez que le destin est parfois vachard, voire facétieux… Toujours est-il qu'une balle de 11.45 vint se loger confortablement dans la tête du malheureux Martin, qui, il faut le reconnaître, ne souffrit pas le moins du monde. Le monde, il le quitta par la faute d'une balle perdue que personne ne viendrait réclamer. Le pêcheur à la mouche s'écroula sur le trottoir, emporté par ce soudain excès de poids.

La fusillade ne dura que très peu de temps. Les braqueurs s'enfuirent sans rien ajouter, laissant un policier tremblant et un Èlissalde qui ne serait plus jamais le même.

Quelques minutes plus tard, les secours arrivèrent dans une débauche de sirènes et de gyrophares. Le corps de Martin laissa la place à une silhouette dessinée à la craie blanche, rappelant aux passants que la mort pouvait traîner partout, même sur un trottoir d'une rue tranquille.

3

Au commissariat, l'effervescence était à son comble. Non seulement il y avait eu un braquage et un passant avait été tué, mais depuis plus de trois heures, les truands couraient toujours, sans qu'aucun début de piste ne commence à se dessiner. Malgré les barrages et le quadrillage de la ville puis de sa périphérie, rien n'y faisait, les malfaiteurs s'étaient littéralement volatilisés. De véritables pros ! Tous les indics de la ville avaient été contactés, mais là encore, ça n'avait rien donné. Les gars qui avaient fait le coup n'étaient pas du cru ni des habitués du prétoire de Bayonne ou de la Villa Chagrin[2].

— C'était déjà assez compliqué avec les locaux, si maintenant les étrangers s'y mettent aussi, lançait le commissaire Marty, rageur.

2. Nom donné à la maison d'arrêt de Bayonne.

— Encore un effet de la décentralisation, patron, osa ajouter un des inspecteurs présents dans le bureau.

— Quoi ?

— Non rien, patron, se reprit penaud l'adjoint, je cherche…

— C'est ça !

Un agent fit son entrée :

— Commissaire, l'Anguille est là.

— Faites-le entrer !

Un gars à la barbe hirsute et au teint cireux pénétra dans le bureau. Poussé, serait le terme plus juste, car c'est rarement avec enthousiasme qu'on va à confesse à la maison poulaga ; question d'éthique. Il était alors de bon ton de lâcher quelques injures et autres mots grossiers, histoire de donner le change. Ses deux gros yeux humides indiquaient que ce monsieur avait l'habitude de tremper son nez dans la poudre blanche d'origine afghane contrôlée. Un toxico aux oreilles bien informées. L'Anguille était le meilleur fournisseur agréé BAB[3] de tuyaux en tout genre, du plus percé au plus solide. Contre un oubli de ses activités, il pouvait se révéler une véritable source de renseignements. Pris alors d'une dysenterie verbale, il déballait tout d'un trait, sans s'arrêter. Aux policiers ensuite de faire le tri.

L'homme le plus bavard du Pays basque se tenait

3. Bayonne, Anglet, Biarritz.

devant le commissaire Marty.

— Commissaire, gémit l'Anguille, vous êtes louftingue ou quoi ? Me faire venir ici, en plein jour ? Il en va de ma réputation !

— De quoi ?

— Oui, enfin, si on apprend ce que je viens faire ici, je vais me retrouver cloué à ma porte, c'est sûr ! Et là, finis les renseignements glissés amicalement au détour d'une rue sombre, ces petits plus qui font les enquêtes plus courtes, les mots gentils laissés dans la boîte aux lettres, les anecdotes que vous appréciez tellement, les…

— C'est fini là ? s'impatienta Marty.

Surtout ne pas le laisser s'embarquer dans du hors sujet, sinon la journée pouvait s'annoncer longue et très pénible.

— Dis-moi tout ce que tu sais sur le braquage de cet après-midi.

— Mais rien, nib, que tchi ! Je me tue à le dire à vos deux abrutis d'inspecteurs… Ce coup-là, c'est pas du local.

Les yeux du commissaire fixaient les deux globes humides de l'Anguille.

— Écoutez, poursuivit l'indic avec peine, il se pourrait, je dis bien *pourrait*… Non parce que dans ce genre d'affaires…

— Il faut que je sorte le forceps ? menaça le policier en désignant du regard le bottin du 64.

— C'est bon, un peu de suspense ne nuit pas à

l'intrigue. Je disais donc qu'il se pourrait que ce soit un coup des Bordelais…

— Des Bordelais ? Mais bon sang, ça leur suffit pas d'envahir nos plages, il faut en plus qu'ils s'en prennent à nos banques ? Tu ne serais pas des fois en train de te foutre de moi ? Non parce que là, autant te le dire tout de suite, je ne suis pas d'humeur.

— Mais non, parole, c'est ce qui se dit, je ne fais que rapporter… Je colporte en quelque sorte ! Après, d'autres rumeurs évoquent des Palois, des jeunes désœuvrés…

— Oui, eh bien cesse de colporter et écoute-moi bien : pour te montrer que nous prenons bien soin de nos collaborateurs…

— Oh, collaborateurs…

— Si si, j'insiste, de nos collaborateurs, disais-je, je vais te faire une fleur.

— Tout de même !

— Vous autres, mettez-moi au frais cet auxiliaire zélé de la police. Un petit séjour en cellule devrait lui faire le plus grand bien, ordonna-t-il avant de se retourner vers le barbu hirsute. T'es un peu pâle en ce moment…

Alors que deux inspecteurs se saisissaient de l'Anguille, il se mit à crier :

— Je proteste, vous m'entendez, c'est illégal !

— Écoute-moi, abruti, reprit le commissaire, tes petits amis t'ont vu entrer ici, alors si tu ressors maintenant par la grande porte, ils risqueraient de se faire des idées. Et tu sais comment ils sont, une idée en entraînant une autre… Enfin, je n'aimerais pas aller te repêcher au fond de l'Adour.

— Je ne vous cache pas que cette éventualité ne m'enthousiasme pas non plus.

L'Anguille fit mine de réfléchir, puis reprit :

— Je vois dans votre proposition une sorte de bienveillance, un élan de générosité quoi, et je…

— Bon, allez, embarquez-moi ça, coupa net Marty à bout de nerfs.

L'indic fut alors évacué *manu militari* alors qu'il reprenait ses vociférations outrées. Un comédien né, l'Anguille !

Le calme était revenu dans le bureau. Le visage muré, le commissaire réfléchissait en silence. Un des inspecteurs présents se risqua :

— Vous savez, l'Anguille n'a peut-être pas tort, ce coup-là c'est pas de chez nous.

— Et Olazagasti ?

— Pas le style. Vraiment !

— Pas le style, pas le style, s'énerva le policier en chef, il faut maintenant du style pour braquer une banque et dégommer du passant ?

— Non, mais…

— Allez, coupa le commissaire agacé, poursuivez les opérations…

*

La nuit paraissait ne pas vouloir se finir. Le corps de Martin gisait au frais dans un des tiroirs de la morgue municipale ; une répétition façon métal de ce qui l'attendait un peu plus tard au cimetière Saint-Léon. Dans le centre-ville, une ombre passait et repassait devant les fenêtres encore éclairées du 3, rue Philippe-Fournier. Beñat venait de perdre une grande partie de lui-même, son frère, son jumeau, son seul ami. La peine et la tristesse se mêlaient à la colère et à l'alcool. Mauvais mélange en vérité.

4

Pour un enterrement réussi, celui de Martin Èlissalde le fut. Tout y était : la famille en pleurs avec Beñat à sa tête, l'amicale des pêcheurs à la mouche de l'Adour dans son effectif complet, les représentants des commerçants de la ville de Bayonne et le curé de la paroisse de Saint-Vincent-de-Paul flanqué de deux enfants de chœur, à vrai dire peu concernés par l'événement. Un crachin marin brossait de gris cette scène triste. Un peu en retrait, se tenait le commissaire. Il tirait sur une Gitane tout en posant un regard distrait sur la cérémonie qui se déroulait un peu plus loin.

Quand la mise en terre fut achevée, les personnes présentes se dispersèrent par petits groupes. Certains échangeaient sur la conjoncture économique, d'autres tremblaient au sujet de la montée de l'insécurité, et les derniers se murmuraient les spots secrets de la Nive où se trouvaient les plus grosses truites de la région. Comme la pluie avait cessé, tout allait pour le mieux.

Beñat restait seul face au trou dans lequel résidait à présent son jumeau. Une voix dans son dos le sortit de ses pensées :

— On est peu de chose…

— Monsieur ?

— Commissaire Marty. C'est moi qui suis chargé de l'enquête sur la mort de votre frère. Mes sincères condoléances.

— Merci.

Beñat dévisageait le policier avec dureté, comme s'il les tenait, lui et ses collègues, responsables de la mort de son frère.

— Vous permettez que l'on discute un peu ? relança le policier.

L'armurier hocha la tête pour signifier qu'il était d'accord. Les deux hommes commencèrent à marcher côte à côte dans l'allée la plus proche. Rompant le silence, Beñat demanda sur un ton agressif :

— Alors, vous avez des nouvelles des salopards qui ont abattu mon frère ? À moins que ce ne soit le policier présent sur la scène ?

— Non, ce n'est pas lui, la balistique a parlé.

— Et qu'a-t-elle dit d'autre ?

— Oh, pas grand-chose…

— Rien, quoi !

— Je ne dirais pas ça.

Èlissalde s'arrêta et tourna la tête vers le commissaire :

— Ce qui veut dire ?

— Que nous avons, comment dire, des soupçons.

— Des soupçons, mais sur qui ?

— Oh, vous savez, les soupçons, ça va, ça vient. Enfin, il se pourrait que ce soit une bande du coin qui ait fait le coup.

— Attendez, vous ne seriez pas en train de me dire, là, à demi-mot, que vous connaissez les enfoirés qui ont descendu Martin ?

— Pas avec certitude. Tout porte à croire que la bande d'Olazagasti serait à l'origine du casse du Lyonnais. Mais bon, ce n'est ni le jour ni l'endroit pour parler de ces choses-là. Je sais ce que c'est de perdre un être cher et…

— Qui c'est cet Olazagasti ? coupa net Èlissalde.

— Oh lui… Oubliez-le, c'est un vénéneux. J'ai eu tort de vous parler de ces choses-là.

Le peu de conviction encouragea le boutiquier à en savoir plus. La colère montait en lui et l'envahissait. Il serrait les poings comme s'il tentait de briser quelque chose. Satisfait, Marty le regardait du coin de l'œil.

— Je vais lui faire la peau à ce salaud, rumina l'armurier entre ses mâchoires serrées.

— Allons, monsieur Èlissalde, ne dites pas des choses pareilles. Non, faites plutôt confiance à la justice et à son bras séculier.

Beñat lui jeta un regard furieux qui en disait long

sur le sujet. Le commissaire poursuivit :

— Je vous l'accorde, ces derniers temps, le bras a un peu tremblé.

— Je vais me le faire, je vous dis, et la justice n'aura qu'à juger ce qui restera.

— Je comprends votre colère, mais ne peux l'approuver. Question de déontologie. Rentrez chez vous, monsieur Èlissalde, et passez à autre chose. La bande d'Olazagasti, j'en fais mon affaire. Ça prendra le temps que ça prendra, mais je les aurai, croyez-moi. Cinq ans, dix ans… Je finirai par les avoir !

— C'est ça ! Et pourquoi ne pas attendre qu'ils meurent de vieillesse ?

— La procédure, répondit Marty avec fatalisme.

— Écoutez commissaire, merci pour votre visite, mais là, j'ai pas trop la tête à discuter du bien et du mal.

En disant ces mots, il lui tendait une main ferme.

— C'est vous qui voyez.

Les deux hommes se séparèrent au milieu de l'allée centrale du cimetière. Un crachin dégringolait d'un ciel toujours aussi bas. Alors qu'il s'éloignait, le commissaire esquissa un sourire.

— Alors là, mon pote, tu en tiens un bon. Un champion toutes catégories. Faudra tout de même penser à l'encourager de temps en temps. Oh le con !

Cette nuit-là, au-dessus de la boutique Pêche et Chasse, la lumière resta allumée une longue partie de la nuit. Dans la salle à manger, un véritable arsenal s'étalait sur la toile cirée de la grande table. Un fusil à pompe, des grenades et quelques refroidisseurs du genre qui tient dans la main, luisaient sous les feux de l'ampoule. Suivant le principe immuable des vases communicants, la bouteille de pastis se vidait à mesure que la colère montait chez Èlissalde. Ne s'attardant pas sur cette caractéristique étonnante de la mécanique des fluides, l'armurier ne cessait de jurer. Les culasses claquaient et le stock impressionnant de munitions présageait que bientôt, ça allait bâcher grave. Quelques heures et de nombreux verres plus tard, le justicier masqué de poches volumineuses sous les yeux s'effondra brutalement sur la table.

5

Le lendemain matin

La boutique d'armes et pêche ouvrit avec deux heures de retard. Le palais retapissé de frais et la tête abritant un véritable essaim de frelons hystériques, Beñat peinait à faire monter le volet métallique. Chaque tour de manivelle lui arrachait un râle de souffrance et la grimace qui stigmatisait sa gueule de bois annonçait une journée difficile. Il se traîna ensuite derrière la caisse et attendit patiemment l'heure de la fermeture. Le marché de la pêche étant plutôt mou en cette période de l'année, il en profita, entre deux intermèdes comateux, pour penser à la mort de son frère et surtout au sort qu'il allait réserver à ses assassins. Un programme aux contours encore un peu flous, qui se résumait à peu : rechercher et détruire. Il le reconnaissait, la formule n'était pas de lui. Elle était inscrite sur la carlingue des avions britanniques durant la Seconde Guerre mondiale. *Search and destroy* ! C'est vrai qu'on y perdait beaucoup à la traduction, mais l'idée générale était là. *Pas de pitié ! Ça va saigner ! La vache, qu'est-ce que j'ai mal au crâne !*

À l'heure de la délivrance, 18 h 58, la clochette de la porte d'entrée tinta. Elle eut le même effet que le bourdon de Notre-Dame dans les tympans de Quasimodo : de mauvaises vibrations. La vie est parfois mal faite. Pas un seul client durant tout l'après-midi et là, au moment de plier les gaules, une espèce de gros balèze, du genre bâti pour durer, fit son entrée. Il était évident que ce n'était pas un prédicateur mormon en goguette à Bayonne. Quand la masse se mit à parler de sa voix sourde, Beñat devina sans difficulté les origines basques tendance arrière-pays de l'individu.

— Monsieur Èlissalde ?

— Oui, c'est bien moi. Que désirez-vous ?

— Je me suis laissé dire, comme ça, par hasard, que vous seriez l'heureux propriétaire d'un Mauser C96.

— C'est exact, j'ai cette chance. Une magnifique pièce de collection et en état de marche, s'il vous plaît !

Beñat avait du mal à masquer sa fierté au visiteur. Cette arme, cette légende de la Première Guerre mondiale, était d'une rareté remarquable.

— Et vous seriez prêt à la vendre ?

L'armurier prit un temps avant de répliquer, se contentant de sourire. Déjà il savourait sa réponse tout en montrant le calibre de son index derrière la glace épaisse de la vitrine.

— La vendre ? Je ne crois pas, non. Une merveille pareille... Mordez les détails... Pas une piqûre de rouille, rien, comme sortie d'atelier.

— Et pour un très bon prix ?

— Non monsieur, c'est sentimental, et je vous le demande, peut-on donner un prix à des sentiments ?

— Ben oui ! Je dirais même que c'est assez courant.

— Oui... Enfin... Pas dans ce cas-là. Je ne désire vraiment pas m'en séparer.

— Bon, tant pis. Enfin, si vous changez d'avis, n'hésitez pas à me contacter à ce numéro.

Il lui tendit sa carte.

— Un gros paquet de biftons de cinq cents vous attendra.

— Entendu, monsieur... Etchegaray. Mais ne comptez pas trop là-dessus.

— Qui sait ? Bon, je vous laisse.

L'armoire basque, montée sur mocassins croco, quitta la boutique. Èlissalde secoua la tête, amusé par cette conversation. *Il ne doute de rien celui-là !*

Une fois le rideau baissé, Beñat ne rentra pas tout de suite chez lui. Il désirait faire le point et une petite marche dans les rues de son quartier ne pouvait pas lui faire de mal. Le nom d'Olazagasti revenait sans cesse dans son esprit et aussitôt après, celui de son frère, de son double, de son ami. La colère se mêlait à la tristesse dans un cocktail détonnant. Il voulait tout casser, faire payer le drame qui le frappait, aux coupables et en premier lieu au commanditaire. Mais il ne savait rien de lui, hormis ce que lui avait dit le commissaire. Un honnête homme celui-là, mais trop mou à son goût. Il lui fallait agir, et au plus vite, sinon il allait tourner la carte, devenir maboul. Il passa devant le troquet où l'apéro se boit par cubitainer. Tous les soirs, après la fermeture, il y rejoignait ses copains. Pourtant, il ne s'arrêta pas. Pourquoi ? Il ne sut se l'expliquer. Son frère n'approuvait pas trop ces abus réguliers de boisson. Il lui disait toujours que l'alcool finirait par l'emporter. Quelle ironie ! Lui, c'est le plomb qui l'avait emporté et bien plus loin que les cuites de son frère. Toujours est-il que ce soir-là, il se contenta de passer devant le bistro sans même marquer le pas, sans un regard. Un exploit en soi ! Question de décence en période de deuil… et aussi de gueule de bois. *Maudit mal de tête !* Il ne voulait pas le quitter.

Après une demi-heure de déambulation, il finit par regagner son domicile. Il ne savait toujours pas comment procéder pour accomplir sa vengeance. Le problème restait entier : un parrain local ne se bute pas comme un perdreau, même si techniquement, on reste dans le même principe. Où trouver cet Olazagasti ? Comment l'approcher et lui régler son compte ? Il ne savait pas. Mais ça viendrait, il en était certain.

Au commissariat, Marty écoutait le rapport de ses inspecteurs dans son bureau. Résumé ennuyeux d'une journée ordinaire. Des vols de toutes sortes, quelques agressions, une ou deux arrestations, enfin pas de quoi réjouir un fonctionnaire blasé par près de trente années de service. La plainte d'un gars qui lors d'une tentative de viol, s'était retrouvé avec l'épaule salement entaillée par le couteau de sa victime ne l'émut pas plus que ça. Pour le commissaire, le monde ne tournait plus dans le bon sens.

— Et pour le Lyonnais ?

— Toujours rien, patron. Il paraîtrait que ce sont les Bordelais qui ont fait le coup, mais rien de plus. Depuis qu'ils se sont installés dans le coin, ils n'arrêtent pas de monter des coups. Trafics, braquages, prostitution... Enfin, le fonds de commerce habituel de tout bon truand en bande organisée.

— Et Olazagasti, qu'est-ce qu'il en pense ?

— Oh, d'après ce que j'en sais, une sorte de pacte de non-agression aurait été conclu entre les deux bandes.

— Le Yalta des mauvais garçons en quelque sorte.

— Voilà ! Chacun sa zone, son territoire et pas de saccage de plates-bandes. Je me suis même laissé dire qu'Olazagasti et Vidal, le patron des doryphores, se seraient entendus pour collaborer sur certains trafics.

Enfin, c'est ce qui se dit.

— L'entente cordiale, quoi !

— Oui, on peut dire ça.

— C'est bon, vous pouvez y aller, lâcha le commissaire avec lassitude.

Seul dans son bureau, Marty réfléchissait, le regard fixé sur le néon au-dessus de lui. Ça se bousculait sévère dans son cerveau. Un véritable embouteillage à idées plus ou moins sombres. À quelques années de la retraite, rien ne changeait. Au jeu du gendarme et des voleurs, c'était toujours les mêmes qui gagnaient. Même quand on arrivait à les serrer, on retrouvait toujours ces messieurs quelques mois plus tard, en train de se pavaner à l'air libre, et les poches toujours pleines. Remplir son casier judiciaire de nouvelles mentions revenait à monter dans l'échelle sociale des truands. Ça ne pouvait plus durer. Mais que pouvait-il faire, lui, le commissaire Marty ? Rien. Il le savait et il enrageait.

Son regard se durcit davantage et une grimace déforma son visage. Sa main se posa sur le combiné du téléphone. Nerveusement, il décrocha et composa un numéro sur le cadran. Une tonalité, puis deux... *Mais qu'est-ce qu'il fout ce con* ? Enfin, quelqu'un décrocha.

— Oui, Èlissalde.

— Commissaire Marty... Oui, le policier chargé de l'enquête du Lyonnais. Je vous appelais parce que... Enfin, je ne vous cache pas que la dernière fois, au cimetière, vous m'avez fait un peu peur. Vous allez mieux ? … Tant mieux. Si j'ai du nouveau ? Bah… Il se pourrait que, comme ça, par hasard, nous ayons identifié un des tireurs.

— Vous allez l'arrêter ?

— Ce n'est pas si simple. Vous savez, sans preuve…

— Qui c'est ?

— Je ne sais pas si je dois vous le dire. Enfin, dites-vous bien, monsieur Èlissalde, que nous ferons tout pour mettre les coupables sous les verrous.

— Je vous en prie…

La voix de l'armurier se faisait maintenant suppliante. À l'autre bout du fil, Marty buvait du petit lait. Il poursuivit :

— Non, j'ai peur que vous vous emballiez un peu et un pas en entraînant un autre…

— Ne vous inquiétez pas, commissaire, c'est juste pour savoir.

Le policier fit une pause, comme s'il réfléchissait. Il imaginait sans peine le boutiquier attendant la bouche ouverte, prêt à gober l'appât. D'un coup, il lâcha :

— Il s'agirait d'un certain Rodriguez. Un méchant.

— Du genre ?

— Du genre sans trop de scrupules. C'est un gars qui a fait ses classes dans le milieu séparatiste basque. Après avoir dégommé quelques gardes civils, il a préféré se replier de ce côté-ci de la frontière.

Marty prit une pause. Il allait bientôt pouvoir ferrer.

— Il donne maintenant dans le cabaret exotique, du genre flamenco, sangria et castagnettes. Enfin, vous voyez… Toujours est-il qu'il paye ses impôts même s'il travaille en freelance chez Olazagasti, histoire d'arrondir les fins de mois. Donc disais-je, à la Pixuli, c'est le nom de sa boîte entre Ainhoa et Espelette, ce monsieur Rodriguez mène la vie d'un honnête gérant d'établissement nocturne. Rien à lui reprocher de ce côté-là. Le Rodriguez, on va bien finir par le coincer, croyez-moi. Et là, il en prendra au moins pour cinq ans. Pour le moment, je ne peux pas faire mieux. Que voulez-vous, voilà où nous conduisent des années de laxisme. Allez, monsieur Èlissalde, oubliez ce que je viens de vous dire, ces gars-là ne méritent même pas la corde qui devrait les pendre.

— C'est entendu, vous disiez la Pixuli ?

— Oui, vous parlez d'un nom original. Sûr que le gars a voulu faire couleur locale. Le con. Bon, c'est pas que je m'ennuie, mais on parle, on parle, et le travail ne se fait pas. Le nombre de PV que j'ai à classer… Allez, bonne soirée, monsieur Èlissalde, et ne vous mettez pas martel en tête, la justice veille.

— Bonsoir commissaire.

Beñat faillit fracasser le combiné en raccrochant. Il était furieux par ce qu'il venait d'apprendre. *Des incapables !* Sa respiration s'affolait et son cœur dansait le fandango dans sa poitrine. Rodriguez, le salaud qui avait assassiné son frère, il devait payer.

— Quel abruti ce commissaire ! Et vas-y que je déclare connaître un des assassins de Martin et que je me contente de ne rien faire. Attendre ? *Le Rodriguez, il va tomber et pas pour stationnement gênant ou excès de vitesse, mais pour surdose de plomb. Oui, du plomb, du plomb partout !*

Monsieur Èlissalde était en colère. Vraiment !

6

21 heures sonnaient au loin. Beñat engagea sa 2 CV sur la route d'Ainhoa. Le regard fixe devant lui, rien ne venait distraire la seule pensée qui occupait son esprit : se venger. La crosse de son Mauser qui frottait contre son ventre lui rappelait comment il allait s'y prendre ; enfin, pour le point final. Pour l'approche, il devait encore improviser. Son souffle était fort et chacune de ses respirations s'accompagnait d'un sifflement rageur. Au volant de sa Citroën, il se sentait l'âme d'un justicier ; même si une deux-pattes n'était pas une Batmobile, l'idée s'y trouvait et c'était l'essentiel. Jamais dans sa vie, il n'avait envisagé de tuer un homme, ou alors juste comme ça, dans un élan de colère devant son poste de télévision, mais rien de très sérieux. Ce soir, c'était différent. L'homme qu'il comptait éliminer lui avait volé la moitié de lui-même. Autant dire qu'il ne restait pas

grand-chose ! Il ne connaissait pas ce Rodriguez, et ne l'avait jamais vu, mais pour Beñat, il représentait le mal absolu, une bête, un nuisible pour la société. S'en débarrasser devenait alors un devoir, un acte de civisme et d'intérêt général. Il avait fait ce raisonnement plusieurs fois et au fond, ça le rassurait et lavait son esprit de tous scrupules. Malgré tout, il se sentait oppressé. Après avoir traversé Espelette, il poursuivit la route à travers la nuit en direction d'Ainhoa. La masse noire des montagnes accentuait cette impression d'angoisse. Il ne devait pas se poser de questions, juste rouler vers son but.

Les lumières tape-à-l'œil de la Pixuli apparurent rapidement. Une ancienne maison basque aux boiseries apparentes rouge sang-de-bœuf se détachait de l'obscurité. Sur le petit parking que se disputaient quelques voitures, Beñat arrêta la sienne un peu à l'écart. Les mains toujours agrippées au volant métallique, il baissa la tête et vida longuement ses poumons. La crosse du Mauser enfoncée dans le gras du ventre lui rappela qu'il ne devait pas flancher. D'un coup, il se redressa et sortit de sa 2 CV. Pour la première fois de sa vie, il ne la ferma pas à clef. À ça aussi, il avait réfléchi. La Citroën stationnait à l'écart, mais capot face à la sortie. Un prévoyant le Beñat, malin comme un pottok de la Rhune !

En entrant dans le cabaret, son regard fut tout de suite attiré par le spectacle qui se jouait sur la scène. Un type frêle qui portait toute la misère du monde dans son regard de martyr vocalisait avec puissance tout en grattant nerveusement sa guitare. À ses côtés, une femme brune, plus tout à fait jeune, frappait le plancher en bois de ses talons. Elle levait les bras au-dessus de sa tête en agitant ses doigts sur deux castagnettes. Côté salle, ce n'était pas l'affluence. Quelques couples sirotaient de la sangria ou un verre de patxaran, jetant un œil distrait au couple andalou qui se démenait devant eux. Le corps pris dans un vieil imper façon Macintosh, Èlissalde se dirigea directement vers le bar. Au-dessous d'une imposante tête de taureau, des bouteilles s'alignaient. L'une d'elles attira son regard. Sur son étiquette, familière à l'armurier, s'inscrivait un nom marseillais évocateur. Pourtant, quand le barman lui demanda ce qu'il désirait prendre, son choix se porta sur un spiritueux écossais représenté par un gars en rouge marchant d'un pas décidé et répondant au nom de Johnnie. Pour ce qu'il allait faire, il lui fallait du carburant à haute teneur d'alcool. On n'était pas dans la boisson festive, mais dans l'encouragement cérébral et l'excitant neuronal. La première gorgée avalée, il s'adressa à l'employé préposé au bar.

— Monsieur Rodriguez n'est pas là ce soir ?

— Ben si, tenez, il regagne justement son bureau. Il va bientôt nous quitter. Il est dix heures trente. Réglé comme du papier à musique le patron. Un autre ?

— Non merci, j'ai encore de la route, répondit Èlissalde sans quitter des yeux la silhouette qui disparaissait derrière la porte indiquant la mention *Privé*.

Le monstre venait de regagner sa tanière et il allait quitter l'endroit dans quelques minutes. Le peu qu'il avait pu apercevoir de Rodriguez fit monter sa colère d'un cran supplémentaire. C'était un gars râblé, aux épaules tombantes, engoncé dans un costard trop serré. À la lueur d'un spot, l'armurier avait furtivement distingué ses cheveux noirs et luisants.

Èlissalde régla son verre et se dirigea sans détour vers la sortie. Une fois sur le parking, il avisa une porte qui donnait sur l'arrière du bâtiment. Il en conclut qu'elle correspondait à l'endroit où s'était replié l'Espagnol. Malin et observateur le Beñat !

Il porta la main à la crosse de son calibre, en vérifia une dernière fois l'approvisionnement, et dégagea le cran de sûreté.

*

Marty épluchait les derniers rapports de la journée. Dans le silence de son bureau, il en profita pour faire le bilan de sa vie. La moue de dégoût qui déforma son visage en disait long. Célibataire. Sans enfant. Sans passion ni réels coups d'éclat. Un constat pour le moins déprimant. Il soupira, puis son regard se fit plus dur. À quelques mois de la retraite, autant dire au bord de l'escalier qui mène au tombeau, il devait réaliser quelque chose. Il avait le sentiment amer que durant toute sa carrière, il n'avait été qu'une sorte d'éboueur de la justice, mais un éboueur muni uniquement d'une pelle et d'un seau de plage pour nettoyer la ville. Rien à voir avec la justice et l'équité, pensa-t-il. Avant son départ, il devait agir et de façon radicale. Finis les compromis, les humiliations, les sursis et autres peines dérisoires ! Tout cela devait changer. Plus d'alibi, de corruption ou de manque de preuves, terminé ! Marty venait de lancer son Armageddon, de lâcher sa bête de l'apocalypse. L'anéantissement des truands du coin n'allait pas tarder. Du moins l'espérait-il.

Le commissaire fit une pause dans son délire. Le visage d'Èlissalde lui apparut. Il soupira, réalisant que ce n'était pas gagné. Sans doute s'était-il un peu emballé sur le côté cataclysmique des mauvais garçons. Certes, le boutiquier avait du potentiel, mais être con et avoir l'esprit vengeur suffirait-il ? À nouveau, la moue dubitative du commissaire trahit ses pensées. Il ne lui restait plus qu'à attendre. Il n'avait pas sommeil et personne ne l'attendait, alors rester là ou ailleurs…

*

Èlissalde trouvait le temps long. Tapi dans l'obscurité, il attendait la sortie de Rodriguez. Une fine pluie le poissait tout entier et il commençait à avoir froid. Un justicier confirmé ne devrait jamais sortir sans son Damart thermolactyl, pensa-t-il en grelottant. *Mais qu'est-ce qu'il fout ?* Le clignement des néons de la façade le rendait nerveux. Il avait l'impression que son cœur suivait ce rythme, et en oubliait presque sa motivation première. Ce qu'il s'apprêtait à faire n'était pas anodin, il allait tuer quelqu'un, un homme qu'il ne connaissait pas. Le visage souriant de son frère lui rappela qu'il était engagé dans une mission sacrée, celle de le venger. Il se redressa, renifla et reprit sa position de chasseur à l'affût.

Soudain, la porte de service s'entrouvrit. Une silhouette apparut, la même que celle qu'avait désignée le barman un peu plus tôt. La main de Beñat serra davantage la crosse en bois de son arme. À présent, il ne pouvait et ne devait plus renoncer. Rodriguez se retourna et ferma la porte derrière lui. Il s'avançait vers son destin, un destin d'un mètre soixante-neuf, enveloppé dans un imper détrempé et tenant fermement un Mauser. Pas réellement le karma idéal pour se lancer dans des projets. Sans détour, il se dirigea vers la masse sombre d'une berline germanique. Alors qu'il cherchait ses clefs dans les poches de son pardessus, il sentit une présence dans son dos. Il se retourna et vit avec effroi le canon luisant du descendeur d'Èlissalde pointé au niveau de son ventre. Il est dans la vie des bonnes, mais aussi il faut le reconnaître, des moins bonnes surprises, l'armurier faisait partie de celles-ci.

Par réflexe professionnel, Rodriguez leva les mains au niveau de ses épaules. On ne tergiverse pas avec un calibre 7,63 mm. Surtout à bout portant, ce genre de flingue laisse peu de place à l'argumentation défensive. Ça, le Roro l'avait compris tout de suite.

— Qu'est-ce que... Que voulez-vous ? bafouilla-t-il avec un fort accent de Valladolid.

Ses yeux noirs luisaient de terreur. Au fond, distribuer la mort à distance et se trouver face à elle à moins d'un mètre changeait pas mal la donne.

— Martin, Martin Èlissalde, tu te souviens de lui ? cracha Beñat avec l'assurance que donne le sentiment de se trouver du bon côté de l'arme.

— Qui ça ? s'étonna le cabaretier.

— Martin Èlissalde, s'énerva l'armurier, le pauvre gars que vous avez abattu la semaine dernière à la sortie du Lyonnais.

— Attends l'ami, il y a gourance sur le sujet. Le Lyonnais, sur ce coup, j'y étais pas et je vais même te dire...

Èlissalde ne sut jamais si son doigt avait appuyé sur la queue de détente de son piston à truffes par colère ou à cause d'un frisson dû à la pluie glaciale qui dégringolait à ce moment-là. Toujours est-il que la balle libérée à grande vélocité se fraya sans peine une entrée dans le bide de l'Espagnol estomaqué. Elle n'y resta pas longtemps, mais le désordre qu'elle y sema avant de ressortir par le dos, ne devait laisser aucun doute au médecin légiste qui se pencherait plus tard sur le sujet. Rodriguez ne sut jamais pourquoi il quittait ce monde de façon si brutale. La vie a ses mystères et la mort pas toujours de réponses.

Il tomba à genoux et la dernière chose qu'il vit fut ses clefs de voiture. Une modique satisfaction… Il ne les avait donc pas oubliées sur son bureau.

Beñat resta pétrifié un instant, son feu à la main et les oreilles bourdonnantes. Le temps s'était arrêté et pas seulement pour Rodriguez ; il devait se reprendre, quitter les lieux au plus vite. Alors tout s'accéléra. Il courut vers sa 2 CV, démarra et roula en trombe tous phares éteints vers la départementale D20.

*

La sonnerie aigrelette du téléphone fit sursauter le commissaire. Il s'était assoupi dans son bureau, rêvant de grand nettoyage, de liquidation totale avec Olazagasti en tête de gondole. Sans trop de conviction, il décrocha. C'était Maillard, un de ses jeunes inspecteurs adjoints.

— Patron, Rodriguez, oui, un des porte-flingues d'Olazagasti, s'est fait repasser sur le parking de la Pixuli. Une balle en plein bide à ce qu'il paraît.

— Quoi ? Tu es bien sûr ?

— C'est arrivé il y a moins d'un quart d'heure.

— File voir et tiens-moi au courant.

Il raccrocha, la main figée sur le combiné. Un sourire finit par s'esquisser sur son visage. Avec une lenteur mesurée, il s'alluma une Gitane dont il apprécia avec délectation la première bouffée.

— La grande lessive vient de débuter. Il n'aura pas mis beaucoup de temps le boutiquier.

7

La Pixuli

— Alors monsieur Narboni, encore du grabuge dans votre établissement ?

Narboni était le propriétaire légal de la Pixuli qui, en fait, appartenait en sous-main à Olazagasti qui, lui-même, en avait attribué la gérance à Rodriguez. Un montage classique, histoire de brouiller un peu les pistes du fisc.

— Parole, monsieur l'inspecteur, Roro, enfin je veux dire, m'sieur Rodriguez, s'est fait descendre en dehors de la boîte, à plus de quatre cents mètres. *Wallah !* C'est un client, en venant garer sa voiture, une R16 je crois, qui a découvert la catastrophe. La vie de ma mère, *wallah*, m'sieur Rodriguez se vidait de son sang, aussi mort que mort.

Le propriétaire légal, donc monsieur Narboni, était originaire d'Oran, et son accent pied-noir apportait un peu d'exotisme à la discussion.

— Vingt à tout casser, rectifia Maillard.

— Comment ?

— Monsieur Rodriguez s'est fait descendre à moins de vingt mètres d'ici. D'ailleurs à ce sujet, comment se fait-il que vous n'ayez rien entendu ?

— Mais à cause du spectacle, monsieur l'inspecteur. Ça a dû se passer quand la grosse Lulu entamait son solo de castagnettes. Et vas-y que je te fracasse le parquet refait à neuf avec les talons, alors que Manolo s'excitait sur sa guitare en hurlant comme un fennec en rut.

— D'accord pour le côté artistique, mais tout de même, un coup de feu, ça s'entend.

— La grosse Lulu, je vous dis, un véritable ouragan quand elle se met à tout fracasser ! Et puis, il y a les portes anti-feu. Encore une norme de sécurité qui m'a coûté un bras. Non, je vous jure, monsieur l'inspecteur, c'est plus vivable, ils veulent nous assassiner. Et vas-y que tout est réglementé, même les toilettes, elles doivent être aux normes.

— Revenons au meurtre, s'il vous plaît.

— Mais je ne sais rien, je vous dis !

— Rien, pas même une chose inhabituelle, un détail ?

— Non, rien. Pas vrai José ?

Il venait de s'adresser au barman qui finissait de tirer sur sa Boyard papier maïs.

— Non. Enfin à part ce type peut-être…

— Quel type ?

— Oh un demi-sel, genre la petite cinquantaine, vêtu d'un imper façon Bogart.

— Oui, et alors ?

— Oh rien, il a commandé un Johnnie Walker Label Rouge, pas ce qui se fait de meilleur, et il a demandé si monsieur Rodriguez était là ? C'est amusant parce qu'il venait de passer devant lui.

— Il ne le connaissait donc pas.

— Ou alors il était miro. Toujours est-il qu'il a réglé sa conso et a quitté l'établissement en suivant.

— Sans assister au spectacle ?

— Non, il a dit qu'il avait encore de la route à faire. À mon avis, le gars a voulu faire une halte, une pause avant de poursuivre.

— Et Rodriguez, il est parti quand par rapport à cet échange ?

— Oh, peu après. C'est vrai qu'en y repensant, quand je lui ai montré le patron, il avait l'air tout chose.

— Tout chose ?

— Oui, un peu dispersé, troublé quoi. Quand je pense à monsieur Rodriguez… Quelle affaire !

— D'accord. Vous passerez tous les deux demain matin au commissariat pour faire vos dépositions. Je crois que vous connaissez l'adresse, et si entre-temps, quelque chose vous revenait, n'hésitez pas.

— Entendu, répondit Narboni, mais vous êtes vache inspecteur, le matin pour nous, c'est le moment de repos et de récupération.

— Oui, eh bien vous récupérerez l'après-midi, sinon vous pouvez m'accompagner tout de suite, histoire de ne pas trop perturber votre métabolisme !

— C'est bon, on passera demain matin. Ma parole, vous êtes soupe au lait inspecteur.

Maillard n'avait que vingt-sept ans et seulement deux ans de maison, mais il avait vite compris comment les choses tournaient dans le coin. Originaire de Paris, il s'était alors lancé dans l'étude du droit avec l'ambition de devenir juge. L'ambition n'étant pas toujours à la hauteur de la réalité du terrain, à savoir les soirées en boîte de nuit en compagnie de jeunes femmes, Maillard quelque peu égaré s'était alors rabattu en catastrophe sur la filière policière. Ayant un goût certain pour l'action, il ne regretta pas ce choix. La possession d'une ceinture noire de karaté avec option full-contact en faisait le candidat idéal pour le poste de bras droit de Marty ; un comble pour une fausse patte[4].

Même s'il ne goûtait pas toujours au cynisme et au fatalisme de son supérieur, il éprouvait un réel respect pour le commissaire. Leur différence d'âge expliquait sans doute ces divergences d'appréciation. L'inspecteur était encore pétri de cet idéal de justice, de son respect et aussi de l'enthousiasme si caractéristique de ceux qui débutent. Marty, lui, était

4. Gaucher (vocabulaire de boxe).

depuis longtemps revenu à pied de toutes ces belles vertus, allant même jusqu'à douter du principe même d'équité.

Pour faire court, Maillard était jeune, sportif, excellent tireur, plutôt beau gosse et promis à une carrière toute tracée devant lui.

L'inspecteur voulut faire un premier rapport à Marty par téléphone, mais le commissaire avait déjà quitté son bureau depuis un moment. Les gars du labo s'affairaient autour du cadavre et relevaient le moindre indice. Ils avaient déjà retrouvé la balle fatale qui s'était fichée dans la portière de la Mercedes. Pour le reste, la pluie avait fait son œuvre de lessivage. Pas de quoi attendre la nuit entière pour une hypothétique révélation. Maillard décida de rentrer sur Bayonne.

8

Commissariat de Bayonne, le lendemain matin

Marty placardait son sourire des beaux jours. Rodriguez, un des hommes clés de l'organisation Olazagasti, avait été mis hors d'état de nuire et de toute autre chose. En traversant les couloirs du commissariat, il saluait chacun de ses collaborateurs, s'informant de la santé du conjoint de l'un ou de la scolarité de l'enfant de l'autre. C'est vrai qu'il faisait beau, mais cette attitude en étonna plus d'un. Enfin, ce qui était à prendre était pris et un compliment ou un encouragement de la part de son patron valait mieux que n'importe lequel de ses ronchonnements ou sautes d'humeur. Donc, tout allait bien.

Tout en fredonnant un air entendu peu avant sur RTL, il prenait connaissance du courrier déposé sur son bureau. On frappa à la porte. Il répondit par un *Entrez* aimable, presque théâtral.

— Alors Maillard, cette nuit, ça s'est bien passé ? s'enthousiasma Marty. Rodriguez, quand même ! Raconte-moi. J'ai hâte.

— Oh, c'est assez simple. Une bastos en plein buffet, foie éclaté, rein perturbé, enfin rien de très original après le passage d'un calibre de 7,63 mm.

— À bout portant ?

— Pratiquement. Ah, c'est sûr, le tireur, même maladroit, ne pouvait pas le rater.

— Et il ne l'a pas raté, ironisa le commissaire en affichant un large sourire.

Maillard s'étonna de l'humeur de son supérieur. Si souvent ronchon, il dévoilait maintenant un pan de sa personnalité jusqu'alors inconnu. Percevant ce trouble, Marty se ressaisit. Il demanda d'une voix plus ferme :

— 7,63, as-tu dit ? Pas courant comme calibre.

— Non, c'est sûr. Les gars du coin préfèrent travailler au 9 mm ou au 11,43.

— Donc le tireur ne serait pas un local ? Intéressant…

— Oh, ça ne veut rien dire, mais bon.

— Bien, et côté témoins, qu'est-ce que ça donne ?

— Pas grand-chose. On a interrogé tous les clients, mais ça n'a rien donné. L'Espingouin s'est fait dessouder sur le parking, un peu à l'arrière du bâtiment, dans un coin sombre.

— Un vrai professionnel, le tueur !

— En même temps, sa voiture était garée là, et la porte de service donnait sur cette zone, alors…

— Et c'est tout ?

— Oui. Enfin non, le barman m'a parlé d'un drôle de type.

— Un drôle de type ?

— La p'tite cinquantaine, en imper. Pas le genre de la maison, quoi.

Marty savait exactement de qui parlait son adjoint, mais il n'en montra rien.

— Mouais, reprit-il. Rien de très précis. Non, ça sent le règlement de compte entre gars du milieu.

— Oui, ou peut-être un coup des services espagnols. Rodriguez pouvait faire partie de leur liste d'élimination. Je vous rappelle qu'avant de rentrer au service d'Olazagasti, il a fait parler de lui de l'autre côté de la frontière, dans les rangs d'ETA.

— Tout ça, c'est de l'histoire ancienne. Non, moi, je pencherais plutôt pour un coup des Bordelais. Depuis qu'ils opèrent dans le coin, ils mettent la pression sur Olazagasti.

— Peut-être, je ne sais pas... Une guerre des gangs ? C'est bon pour personne. Enfin, j'ai convoqué Narboni et le barman de la Pixuli, peut-être m'en apprendront-ils davantage.

— Bah, ces gars-là ne t'apprendront rien, ce sont des affranchis et ils ont eu tout le temps de préparer ensemble cette petite entrevue. Enfin, tiens-moi au courant... Moi, je vais aller rendre une petite visite de courtoisie à Olazagasti. Je ne sais pas si j'en apprendrai davantage, mais au moins, à cette heure, je suis certain de lui ruiner son petit déjeuner.

Maillard sourit en regardant le commissaire se lever et il ne put s'empêcher d'ajouter :

— Dites-moi, patron, vous l'aimez pas trop, Olazagasti, je me trompe ou bien…

— Il y a un peu de ça. Mais c'est un peu plus compliqué. Allez, à plus !

L'inspecteur secoua la tête et emboîta le pas à son supérieur puis quitta le bureau.

Pour Beñat Èlissalde, la nuit avait été courte. De toute manière, depuis la disparition de son frère, croiser le sommeil se révélait impossible, même avec des somnifères de compète. Rendre la justice à coup de flingue avait en plus tendance à perturber son horloge interne. Cinquante ans d'une vie réglée comme du papier à musique, pas une entorse, rien, uniquement la routine ennuyeuse et là, d'un coup, tout s'emballait. Il faut dire que rectifier du gros truand sur un parking désert, comme ça, la nuit, n'encourageait pas au repos réparateur. En y repensant, Beñat ressentait une étrange sensation de vide. Il aurait pu la combler à grands coups d'alcool titré à 45 degrés, mais à huit heures du matin, le jaune se mariait mal avec le noir du café. Réflexion d'artiste ? Je dirais plutôt l'avis du gastro-entérologue qui le suivait.

Immobile, Beñat restait là, à observer son bol. Curieusement, il n'éprouvait rien. Ni soulagement, ni regrets, ni culpabilité. Rien. Cette froideur et ce détachement l'étonnaient, mais à bien y réfléchir ne le perturbaient pas plus que cela. Il ne se sentait pas délivré. Rodriguez était mort, c'était entendu. Lui et son Mauser y avaient activement participé, mais après ? Sa colère restait intacte. Il fallait donc que tout le monde paye ! Ensuite ? Il ne savait pas trop. Il ressentait toujours ce sentiment de puissance qu'il avait éprouvé juste après son échange avec le cabaretier. Lui, Beñat Èlissalde, le gars anonyme, celui qu'on remarquait à peine dans la rue quand on le croisait, tenait maintenant sa revanche sur la vie. Ils allaient voir ce que c'était un médiocre en colère. Des noms, il lui fallait des noms.

Il avala d'un trait le bol de café, se leva avec une énergie qui l'étonna et cala bien au chaud de son ventre, son calibre estampillé Germany. C'était la première fois qu'il faisait cela. De toute manière, plus rien ne serait comme avant. Ça allait bâcher dans le milieu, et même en périphérie.

Alphonse Vidal, plus connu sous le sobriquet du Bordelais, avait débuté sa carrière de malfrat durant la guerre, période s'il en est trouble et favorable à l'ascension sociale du mauvais garçon. Emprisonné en 40 au camp de Cepoy, il profita d'un transfert pour se faire la belle. Devant l'avancée des Boches, ordre avait été donné à l'administration pénitentiaire de se replier vers le sud avec armes et prisonniers. Le trajet se faisait à pied à travers la campagne. Au détour d'un bois, Alphonse et d'autres détenus faussèrent compagnie à la troupe chargée de leur surveillance.

Cette évasion fut décisive dans la carrière du jeune Vidal, puisque son compagnon de cavale était le tristement célèbre Lafont, qui, un peu plus tard, allait devenir avec Bonny le patron de la Gestapo française. Après un bref détour au 93, rue Lauriston, Alphonse se replia en Gironde où il participa discrètement au pillage de demeures désertées devant l'avancée de l'occupant nazi. Le recel des biens de déportés et le racket faisaient aussi partie de son ignoble fonds de commerce. Un beau magot ayant été vite amassé, le Vidal sentant le vent tourner vira de bord et embrassa sans états d'âme la cause de la Résistance. Riche de fichiers de collabos, détaillant noms, adresses et activités, le Bordelais réussit à grimper rapidement dans l'organigramme du maquis aquitain. Sans compter qu'il ne rechignait jamais à distribuer des bastos chez ses anciens camarades de la Milice ou de la Gestapo, histoire de donner un peu plus de crédit à son nouvel engagement patriotique.

La Libération le blanchit totalement, lui apportant même la Légion d'honneur et d'autres croix comme celle de la Résistance, au revers de son costume de héros. Fort de sa fortune et de ses nouveaux soutiens politiques, le Bordelais se lança dans le trafic d'alcool, de cigarettes et de tout ce qui se monnayait à bon prix dans la France d'après-guerre. La reconstruction fut aussi pour lui une source d'enrichissement. Quand on parle de reconstruction, c'est plutôt le volet racket et la négociation pour l'obtention de permis ou de matériaux qui faisaient son fonds de commerce. Au burin et à la truelle, il préférait le calibre 9 mm et la sulfateuse automatique qui laissaient moins d'ampoules aux mains et gardaient toujours impeccables ses costards à dix mille. Délaissant bien vite les tâches manuelles pour la gestion pure de territoire, Vidal sut s'entourer d'une main-d'œuvre que l'on pourrait qualifier d'efficace ; d'aucuns la définiraient de féroce, voire de particulièrement malfaisante. Appréciant le climat aquitain, c'est à Bordeaux, non loin du quartier des Chartrons, qu'il installa son siège social. De là, il dirigeait son empire d'une main de fer. Le sud-ouest était à sa botte. Tout le sud-ouest ? Non, car le Pays basque lui résistait encore et toujours. Olazagasti et sa bande d'Euskariens ne voulaient rien céder de leur territoire. Ils étaient cernés de toutes parts, mais ne semblaient pas s'en soucier. Un Gaulois irréductible en puissance, l'Olazagasti ! En bons pragmatiques, sachant tous deux qu'une mauvaise paix est bien meilleure qu'une bonne guerre, ils avaient fini par signer une sorte de traité. Cette entente ne se voulait ni cordiale ni respectueuse des valeurs humanistes de l'O.N.U. Au Basque le 64, au Bordelais le reste de l'Aquitaine. Celui qui se hasarderait à enfreindre le pacte risquait de voir s'abattre sur lui le feu vengeur du camp adverse. En somme, cette guerre froide ne demandait qu'à se réchauffer. Pour l'instant, la paix régnait, et Alphonse profitait pleinement de son château planté au milieu des vignes. Investir dans le pinard était une recommandation de maître Le Viguier, son notaire et conseiller financier. Au début cette idée lui avait paru curieuse, voire même suspecte et puis, avec le temps, il se rendit compte que le prestige dégagé par cette propriété le rangeait au rang de notable respectable du Bordelais. Le château, ça fait rupin et puis le vin, une fois qu'on s'y est habitué, ce n'est pas si mal que ça, surtout avec les saucisses de Morteau dont Vidal était friand. Après, un bon vieux malt de quinze ans d'âge ne faisait pas de mal non plus.

Pour l'heure, ce que lui rapportait un de ses hommes de l'avant-poste de son territoire le laissait songeur. Un des sbires d'Olazagasti s'était fait repasser comme un faux col et un casse avait mal tourné à l'une des succursales du Lyonnais à Bayonne.

— Ah non, patron, nous, sur ce coup, on n'y est pour rien, venait de répondre le Turc, baraque à muscles et homme de main de Vidal.

Ce tas de barbaque au faciès inquiétant n'était pas né, comme on pourrait le croire, sur les rives paisibles du Bosphore. Jamais il n'avait goûté aux douceurs de la Corne d'Or, ni aux délices de la Cappadoce, mais avait vu le jour au cœur de la cité joyeuse de Montélimar. Alors, me rétorquerez-vous avec justesse, pourquoi ce sobriquet aux parfums d'Orient ? La simplicité de certains de nos contemporains les amène parfois à des raccourcis intellectuels, si on peut les qualifier ainsi, pour le moins surprenants. Le Turc, Jean Caussade de son vrai nom, du haut de son mètre quatre-vingt-quinze, avait débuté sa carrière comme catcheur professionnel. Il avait connu son heure de gloire quinze ans auparavant sur les rings parisiens où ses cent deux kilos en faisaient un combattant redoutable. Son absence de cheveux sur le crâne et son physique généreux lui valurent tout de suite le sobriquet qu'on lui connaît. Après une vilaine blessure, il abandonna la glorieuse carrière qui se présentait à lui pour mettre ses muscles et ses poings qui faisaient mal au service de malfaisants patentés. De cabarets en trafics en tout genre, il finit par atterrir en Aquitaine. Ses compétences en matière de recouvrement de créances le firent vite remarquer par Vidal qui l'intégra au cœur de son organisation.

— Tout ce que je sais, c'est que le casse du Lyonnais a été monté par une bande de Pau, enfin c'est ce qui se dit… Certains parlent de Toulouse… D'autres même du gang de Mendiola d'Anglet…

Alphonse réfléchissait en affichant une moue contrariée.

D'un coup, il lança :

— Tu es bien certain que c'est pas Olazagasti qui aurait fignolé cette affaire ?

— Sûr, patron. Même que je me suis laissé dire qu'il serait plutôt furax. Vous savez combien il tient à son territoire. Un vrai possessif.

— De là qu'il aille se faire des idées. Mais qui c'est ces types ?

— Sans doute des jeunes. Des gars qui travaillent en freelance, des indépendants quoi.

— Des indépendants qui vont nous foutre dans la merde, oui !

— Pourquoi ça, patron ?

— Mais bon sang, réfléchis…

Devant le regard vide de son employé, Vidal rectifia :

— Non, laisse tomber.

Le Turc afficha alors un large sourire dans lequel toute la bêtise du monde pouvait se lire.

— Ouf, j'aime mieux ça.

— Oui, c'est ça, détends-toi. Bon et pour Rodriguez ?

— 'sais pas ! D'ailleurs, personne ne sait.

— C'est pas toi au moins ? Ou un de tes gars ?

— Non, patron, jamais je me serais permis… Parole !

Déjà un vent de panique soufflait dans son vaste crâne à peine occupé.

— Calme-toi. C'est bon, je te crois. Mais faudrait pas que l'autre Basque-là aille se faire des idées.

— Du genre, patron ?

— Du genre représailles sauvages, expédition punitive avec tout le désagrément que ça implique.

— Ah ouais…

— Bon, voilà ce que tu vas faire : toi et ton équipe, vous allez vous tenir sur vos gardes. Alors, pas de franchissement de l'Adour et autres visites de Bayonne de jour ou de nuit, c'est bien compris ?

— Euh, oui… Mais pourquoi ?

— Mais bon sang, parce que je ne veux pas de conflit, pas en ce moment ! s'emporta Vidal. Toi et tes gars, vous êtes en quelque sorte le fer de lance de mon dispositif, et toi, le chef de la marche méridionale de mon territoire… Bon, laisse tomber ! Tu bouges de ta zone, je t'abats ! C'est clair ?

À nouveau, le colosse se mit à sourire béatement.

— Là, oui patron, c'est clair. Parce que les marches là, les Méridionaux, je vous avoue que…

— Okay, dégage. Et restez sur vos gardes, prêts à repousser l'ennemi s'il pointe son nez dans les Landes.

— D'accord, on fait comme ça patron.

Le Turc quitta la pièce, laissant Vidal dans un abîme de perplexité sans fond.

— Alexandre le Grand, César, Napoléon étaient-ils aussi mal entourés ? grogna-t-il. Combien d'empires sont-ils tombés à cause de sous-fifres et de seconds couteaux ?

9

En passant les grilles de la propriété d'Olazagasti, Marty prit un malin plaisir à accélérer. Une fois sa R16 lancée, il tira avec force le levier du frein à main tout en enfonçant la pédale d'embrayage. Manquant de faire un tête-à-queue, la Renault s'arrêta net au pied du grand escalier. Cette fois-ci, l'allée de gravier se souviendrait profondément de la visite du policier. Depuis plus de quinze ans le commissaire s'adonnait régulièrement à ce petit jeu et il en appréciait toujours autant les règles. Ornières profondes, rage du taulier et amusement assuré de Marty. Au fond, ce petit divertissement quasi mensuel rappelait au commissaire son âme d'adolescent. Voir la face furax d'Olazagasti le mettait de bonne humeur. Un petit plaisir simple de la vie ! Parfois, sans réel but, il venait même rendre visite à son ennemi préféré, juste pour voir sa bobine écarlate prête à exploser. L'imaginer en train de l'observer derrière les rideaux opaques de son salon le mettait en joie. Donc, c'est l'air badin que Marty gravit les marches de pierre blanche. Il appuya sur le bouton de la sonnette qui déclencha aussitôt le carillon aux accents londoniens et attendit patiemment qu'on lui ouvrît.

En voyant le maître d'hôtel, il fut très déçu de ne pas apercevoir Nicole. Même s'il ressentait à son égard un sentiment proche de la haine, il prenait toujours un plaisir sincère et quelque peu masochiste à la croiser. La Messaline enflammait encore ses sens par son sourire carmin, ses yeux de biche et son corps à damner le Dalaï-Lama. Côté cerveau, ce n'était pas tout à fait ça ; elle souffrait d'un manque de fignolage dans les finitions, mais bon, il s'en serait bien contenté. L'heure n'était pas à l'évocation de souvenirs cruels. Il ne put quand même s'empêcher de demander :

— Madame n'est pas là ?

— Non, elle est sortie faire des courses, mais monsieur vous attend.

— Aurait-il deviné ma venue ? nasilla-t-il avec un large sourire trempé d'ironie.

— Oui et les jardiniers ont été prévenus.

Le maître d'hôtel désigna d'un coup de menton l'allée fraîchement ruinée.

— À la bonne heure ! Ne vous dérangez pas, je connais le chemin, déclara Marty satisfait de son effet.

En pénétrant dans le salon, le commissaire fut à peine surpris d'y voir maître Courtois, avocat et conseiller d'Olazagasti, en compagnie du parrain basque.

— Je suppose, commissaire, que vous n'avez pas de commission rogatoire.

— Allons, maître, aurais-je besoin de m'encombrer d'une telle paperasse pour une simple visite d'urbanité à mon vieil ami Vixente ?

De dos, l'ami en question rongeait son frein, face à la fenêtre qui donnait sur le parc.

— Vous savez, reprit l'avocat, que vos allées et venues dans cette demeure peuvent être considérées comme du harcèlement policier.

— Sans parler de mes allées, grogna Olazagasti qui ne s'était toujours pas retourné.

— Juste un petit souci de frein. Les plaquettes sans doute. Vous me rappelez que je dois prendre rendez-vous chez mon mécanicien.

— Nous envisageons de porter plainte.

— Portez, maître, portez. D'ailleurs quand vous passerez au commissariat, n'oubliez pas de venir signer votre déposition au sujet de l'affaire Dolores Apezteguy. Vous savez, cette jeune fille qui a subi des violences sexuelles…

— Je n'ai rien à voir avec cette affaire, blêmit l'avocat.

— L'enquête le précisera. Vous savez que la presse rôde et renifle déjà. Vous savez comment sont les journalistes… Je tâche de les contenir, mais jusqu'à quand ?

— Fumier, siffla Courtois entre ses dents.

— Allons, maître, détendez-vous. Je ne suis pas venu pour vous, mais pour apporter un peu de réconfort et de soutien moral à notre ami Vixente. J'ai appris la terrible nouvelle cette nuit. Pauvre Rodriguez, parti comme ça, en pleine force de l'âge et sur son propre parking.

D'un coup, Olazagasti se retourna et fusilla le policier du regard.

— Avec cette montée de la délinquance, on n'est vraiment pas à l'abri de ce genre de désagrément, ajouta Marty avec ironie et délectation. Que voulez-vous, manque de moyens, de personnel… Je ne cesse de le dire à mes supérieurs, mais en vain. C'est la crise, conclut-il en regardant avec insistance le luxe qui l'entourait.

Le truand serrait les poings et son visage virait au cramoisi.

— Vous n'auriez pas, comme ça, une petite idée sur les responsables du départ précipité du regretté Rodriguez ?

— Non, aucune idée, répliqua Olazagasti, la bouche à peine entrouverte.

Il était sur le point d'éclater quand il croisa le regard de son avocat. Il lui fallait prendre sur lui et ne pas se laisser emporter. Ça lui coûtait, mais il devait passer par cette épreuve.

— Non, parce que je me suis laissé dire, comme ça au détour d'une conversation, que les Bordelais ne seraient pas étrangers à cette triste histoire. Notez bien que rien n'est vraiment certain à ce sujet. C'est comme cette façon d'aller attaquer une banque en plein Bayonne… Il ne serait pas un petit peu en train de marcher sur tes plates-bandes, le Vidal ? On sait qu'il a les dents longues et que le manque d'accès à la frontière le limite dans ses ambitions. Je dis ça, je ne dis rien. Je suppute, j'envisage…

— Si cet empaffé s'est permis, éclata le truand, vous avez intérêt à recevoir au plus vite les moyens que vous avez évoqués, parce que là…

— Allons, monsieur Olazagasti, intervint maître Courtois, n'entrez pas dans son petit jeu. Vous voyez bien qu'il cherche à vous monter contre nos amis bordelais.

— Loin de moi ces pensées, maître, je m'épanchais juste sur des faits douloureux et corroborés par les rumeurs.

— Depuis quand la police prête-t-elle foi à des rumeurs ?

— Depuis qu'elle emploie des indics, maître.

Le commissaire ne se départait pas de son sourire narquois. Il savourait la situation avec délectation. Olazagasti fulminait, prêt à mettre à feu et à sang tout le Médoc et à trucider l'avocat véreux qui tentait de le calmer. C'était jubilatoire.

— Houla ! coupa-t-il en regardant sa montre, le

temps passe. Ne croyez pas, messieurs, que votre compagnie me soit désagréable, mais je dois y aller. Le travail ne se fait pas tout seul et la vermine fait rarement de pause. Pas vrai, maître ?

— C'est ça, foutez le camp, aboya Vixente.

— Oui, laissez-nous, ajouta Courtois, un ton plus bas.

— Vous savez, maître, que j'ai hâte de vous revoir en robe, vous êtes d'un chic ! Puis il ajouta avec plus de sérieux :

— N'oubliez pas de passer au commissariat pour l'affaire Apezteguy, vous savez, cette petite saccagée par une bande de notables pourris lors d'une de leurs parties fines. La presse parle de ballets roses, moi d'immondes saloperies. À bientôt messieurs.

En regagnant sa voiture, Marty ressassait l'histoire concernant Courtois et cette jeune fille. Depuis un certain temps déjà, des infos circulaient concernant des parties supposées fines avec des adolescents impliquant plusieurs notables du coin. Un nom revenait souvent, celui de maître Courtois. Rien que d'y penser, le commissaire en avait la nausée. La plupart du temps, ce genre d'affaires ne connaissait aucune suite, car les malheureuses victimes venaient de milieux défavorisés et leur silence s'achetait à coups de Pascal[5] et d'avantages sociaux. Mais pour la petite Dolorès, c'était différent. Les parents n'avaient pas

5. Billet de cinq cents francs

voulu se laisser acheter et avaient porté plainte. Marty le savait : le témoignage d'une adolescente traumatisée ne pesait pas lourd contre la puissance de notables comme Courtois. Le commissaire enrageait en tournant la clef du démarreur. Cette fois-ci, ruiner l'allée ne le soulagerait pas. Son esprit bouillonnait. Soudain, comme si tout devenait évident, il se mit à sourire. Ses yeux brillèrent. Il prit une profonde respiration et vida lentement ses poumons. Cette fois-ci, la justice allait passer… Et pas qu'un peu.

10

Èlissalde ouvrait *Sud Ouest* avec gourmandise. Pour une fois, il dédaigna les annonces matrimoniales pour aller directement sur les gros titres. Un, en particulier, l'enthousiasma : « *Assassinat à la Pixuli* ». C'est vrai que comme ça, le mot assassinat le froissa quelque peu. À la place, il aurait préféré « *Justice à la Pixuli* ». Ça, ça avait plus de gueule et puis c'était plus en rapport avec la nature de sa mission nocturne. À bien y réfléchir, ce qu'il avait décidé d'entreprendre s'apparentait plus à une mission du genre vengeance sanglante, pas de pitié pour les truands ou carnage chez les malfrats. Se laissant sans doute emporter par son entrain matinal, il poursuivit la lecture de l'article. La thèse retenue était celle d'un règlement de comptes entre truands, même si le journaliste évoquait furtivement la possibilité de la piste politique. Du blabla pour Beñat. Seule une phrase lui apporta un peu de satisfaction : « *Cette exécution est, à ne pas en douter, l'œuvre d'un professionnel.* »

Il se sentait flatté, reconnu à sa juste valeur. C'est vrai que sur ce coup, il avait agi comme un chef. Cette pensée s'accompagna d'un large sourire. Ses yeux se plissèrent comme ceux des pistoleros dans les westerns spaghetti qu'il affectionnait tant. Oui, pensa-t-il, la loi est revenue en ville et elle sera sans pitié.

La sonnette de l'entrée retentit. Comme pris en faute, il sursauta. Son cœur s'affola, sa respiration se fit d'un coup plus forte. Le timbre grêle résonna à nouveau. Il tressaillit encore, terrifié.

Èlissalde ?

Cette voix, qui l'appelait à travers la porte, il la connaissait. C'était celle du commissaire. Tout était fini, pensa-t-il avec horreur. La police n'avait pas mis longtemps à le relier au meurtre de Rodriguez. Mais comment ? Tétanisé, il ne bougeait pas, le visage et les mains aussi moites que des serviettes de hammam.

— Hey, vous ouvrez, bon sang ? Je sais que vous êtes là. J'ai à vous parler.

Tel un zombi en goguette, Èlissalde se leva et se dirigea vers l'entrée. Tout s'écroulait, son avenir de justicier et son pouvoir de rectificateur de vermine. Les coups de poing assénés maintenant sur la porte lui rappelaient avec cruauté l'éphémère durée du bonheur sur terre et accessoirement l'impatience de son visiteur. Une mine défaite accueillit donc le commissaire. Lui en revanche, semblait en pleine forme.

— Alors, Èlissalde, vous dormez ou quoi ? J'ai une bonne nouvelle à vous annoncer.

La prison en était-elle une ? Beñat ne le pensait pas. Aussi, c'est intrigué qu'il laissa le policier entrer.

— Vous ne lisez pas les journaux ou quoi ?

— Si, le *Sud Ouest*, pourquoi ?

— Le gars qui s'est fait dessouder cette nuit, eh bien, c'est un des tueurs de votre frère.

— Ça alors ! s'exclama le boutiquier encore sous le choc.

— Incroyable, hein ?

— Ça, pour être incroyable… C'est… incroyable.

Marty jubilait dans son for le plus intérieur. Il avait devant lui un assassin authentique qui n'en revenait pas de ne pas se faire arrêter. Mieux, il semblait littéralement KO.

— Et… On sait qui a fait le coup ? bredouilla Beñat.

— Pensez donc, avec cette recrudescence de la délinquance on n'a que l'embarras du choix. Et je ne vous parle même pas du laxisme de la justice. Non, le monde va mal, croyez-moi, et ça ne va pas en s'arrangeant. Impunité pour le truand et misère pour l'honnête citoyen. Que voulez-vous ?

Il ponctua sa tirade par un long soupir. Le silence s'installa entre les deux hommes. Èlissalde se perdait dans des pensées où la colère et la révolte faisaient bon ménage. Satisfait, Marty l'observait du coin de l'œil. Il attendit un instant pour porter l'estocade :

— Concernant votre frère, enfin je veux dire l'affaire du Lyonnais…

Aussitôt, le boutiquier sortit de sa réflexion intime :

— Oui ?

— Nous avons réussi à établir une liste des intervenants.

En disant ces mots, Marty exhibait avec fierté un ensemble de feuilles agrafées sur lesquelles s'inscrivaient des lignes tapées à la machine.

— Je peux voir ? s'enthousiasma Beñat.

— Non, c'est confidentiel. Tout ce que je peux vous dire, poursuivit-il en repliant la feuille dans sa poche, c'est que le gars qui aurait organisé tout ça serait un certain Courtois, un avocat véreux qui loge du côté de Saint-Jean-de-Luz. C'est en quelque sorte le bras droit d'Olazagasti, si vous voyez ce que je veux dire. On le surveille depuis plus de dix ans pour des affaires de mœurs, mais rien n'y fait. Le gars arrive toujours à s'en sortir. Il a le bras long. Alors, quand on a appris qu'il serait derrière le coup du Lyonnais… Et cette ordure qui, tous les mercredis soir, va se taper la cloche au Suisse, vous connaissez ?

Devant la moue dubitative d'Èlissalde, le commissaire ajouta avec jubilation :

— Un excellent restaurant place Louis XIV à Saint-Jean… Réglé comme une montre helvète, tous les mercredis à 21 heures. Bien, vous avez un endroit où on peut se laver les mains ?

— Hein ? Oui, bien sûr, c'est par là, la première porte à droite.

Le policier se leva d'un coup, laissant son hôte en pleine réflexion. Sans se retourner, il se dirigea vers la porte des toilettes. Une fois seul, Èlissalde se répéta à voix basse les noms de l'avocat et du restaurant. Il ne voulait surtout pas oublier ces précieux renseignements. Malgré tout, il éprouvait une énorme frustration. La liste entrevue l'espace d'une seconde contenait les noms de tous les coupables du meurtre de son frère et elle paraissait copieuse. Il enrageait de ne pouvoir la consulter. Mais que pouvait-il faire ? Enfin, le nom de cet avocat reprenait place dans son esprit et pour le moment, il devait s'en satisfaire. Le bruit de la chasse d'eau le ramena à l'instant présent. Plus question de vidage jouissif de calibre sur un membre du barreau local sur fond de litres d'hémoglobine. Il devait ne rien laisser paraître.

— Bon, c'est pas tout, mais il faut que j'y aille. Le boulot ne va pas se faire tout seul, lança le commissaire. Je vous souhaite une agréable journée Èlissalde, et qui sait, peut-être à bientôt !

Le policier ponctua sa phrase d'un coup de menton et d'un sourire satisfait. Puis sans rien ajouter, il quitta l'appartement. Une fois la porte refermée, l'armurier remarqua que la lumière du cabinet de toilette était toujours allumée.

— Eh oh, râla-t-il, je ne travaille pas chez EDF,

moi ! C'est pas Versailles ici !

Alors qu'il s'apprêtait à abaisser l'interrupteur, il aperçut au pied du trône en céramique de Limoges la liasse de feuilles ; celle-là même que lui avait montrée le commissaire. Son cœur fit une pause dans sa cage thoracique avant de s'emballer à nouveau. La main tremblante, il la ramassa et parcourut aussitôt en diagonale la liste inscrite. Il fut surpris par le nombre important de noms et par les détails qui s'y rapportaient. Jamais il n'avait imaginé qu'autant de personnes puissent être mêlées à un seul hold-up. Que lui importait ! Maintenant, il avait matière à s'exprimer, à démontrer la puissance et la détermination de sa justice dans son expression la plus radicale. Pas de sursis, pas de non-lieu, pas de prison ! La mort ! Ça, c'était de la justice ! Sa justice.

11

Beñat ne quittait pas des yeux la liste des responsables de la mort de son frère. Il ne se lassait pas de la relire, hypnotisé par tous ces patronymes et sobriquets. Maître Courtois figurait en bonne place, juste au-dessous d'Olazagasti. Il lut ce nom à plusieurs reprises comme si cela pouvait le soulager, mais rien n'y faisait, il ne se sentait pas encore prêt à dégommer un membre du barreau en plein Saint-Jean. Lui et son patron devraient patienter pour subir leur châtiment. Châtiment, encore un mot qui lui faisait du bien et dont il se gargarisait avec délectation ; comme justice et vengeance sauvage.

Une ligne en particulier attira son attention. Quatre noms y étaient inscrits avec les annotations suivantes : le Turc, Petite main, Foldingue et le Surineur tapaient le carton tous les mercredis soir à Tarnos. Se pourrait-il que ces quatre-là soient, avec

Rodriguez, les exécutants du casse du Lyonnais? Plus il relisait cette note, plus Beñat s'en persuadait. Avec des sobriquets pareils, ces gars-là ne devaient pas passer leur journée à enfiler des perles ou suivre des stages de macramé. Non. Puisqu'ils figuraient dans la partie haute de la liste de Marty, ils jouaient sans doute un rôle important. Il devait réfléchir et pour cela, le café ne suffirait pas. Il attrapa une bouteille de calva aussi clair que de l'eau, mais titrant à plus de 50°, cadeau d'un lointain cousin normand, et se servit un verre. Négligeant toute règle de dégustation, il avala le liquide d'un trait comme s'il s'agissait d'un médicament. Il expira les vapeurs en trop et ferma les yeux en grimaçant. Peu satisfait du résultat, il renouvela l'opération. Cette fois-ci, il ressentit des petits picotements dans le cerveau, annonciateurs d'une imminente activité intense. La chaudière remise en marche, sa respiration se faisait plus forte et régulière telle une locomotive s'élançant sur ses rails. Il se leva et se saisit d'un grand livre qu'il ouvrit aussitôt. Avec difficulté, il fit défiler les pages couvertes de plans et s'arrêta net sur l'une d'entre elles. Tarnos. Avec le doigt, il chercha dans la liste la rue inscrite sur le document du commissaire et finit par la trouver. Il souffla comme s'il venait de grimper au sommet de la Rhune. Restait à la retrouver sur la carte grâce à la lettre et au chiffre correspondants. *La vache, les carrés sont grands!* Le doigt de Beñat eut du mal à localiser la rue. Quant à son cerveau, il menait sa propre vie dans les vapeurs du quatrième shot de calva. Une fois la rue trouvée, il traça une croix et l'entoura d'un cercle. S'apercevant que cela ressemblait à une cible, il sourit, satisfait.

Son cœur s'arrêta quand la sonnerie du téléphone retentit. Sortant brusquement de ses délires vengeurs, il mit du temps à décrocher. Il porta le combiné à son oreille et lâcha presque malgré lui un *Allô* d'une voix blanche.

— Marty à l'appareil. Dites-moi, vous n'auriez pas retrouvé par hasard chez vous, un petit feuillet de quatre pages agrafées ensemble ?

Èlissalde ne répondit pas tout de suite, il cherchait ses mots. À croire qu'ils s'étaient égarés bien loin, car le commissaire reprit :

— Notez bien que ça n'a pas grande importance, j'ai un double, mais bon…

— Non. Je n'ai rien trouvé. Mais si je mets la main dessus, je vous appelle.

— C'est ça, on fait comme ça. Ne vous tracassez pas pour ça, ces papiers ont dû tomber dans ma voiture ou au commissariat.

— Ah, d'accord. Alors tout va bien.

Marty raccrocha.

Un large sourire ouvrait son visage ravi. Bien entendu qu'il avait trouvé la liste et pas qu'un peu ! Il imaginait le boutiquier en train d'échafauder des plans de destruction massive. Rien qu'au timbre de sa voix de gamin surpris en train de préparer un mauvais coup, il avait compris. Il porta une Gitane à ses lèvres et l'alluma avec son Zippo à pétrole. En faisant claquer le couvercle en fer brossé, ses yeux s'attardèrent sur les deux initiales qui l'ornaient : les siennes. Son regard devint plus sombre. Ce briquet, qui jamais ne le quittait, était un des rares cadeaux de Nicole. Elle lui avait offert juste avant de s'installer chez Olazagasti. Pourquoi le gardait-il sur lui ? Il refusait de se l'avouer, mais il en pinçait encore pour la blonde au physique de folie. Une image en entraînant une autre, celle du truand basque s'imposa à lui. Bientôt, il allait tirer un trait définitif sur tout ça. *À condition que l'autre abruti ne foire pas tout !* Les vengeurs justiciers ne sont pas vraiment fiables. Surtout quand ils picolent comme des monstres ! Pour l'instant, Èlissalde restait sa seule arme, son seul atout contre Olazagasti et son rival bordelais qui lui gâchaient le maigre sommeil de ses courtes nuits. Ensuite, il pourrait prendre une retraite paisible dans le Lauragais et déguster des cassoulets de malade au bord du canal du Midi. Nicole ferait-elle partie du décor, une fois remise de son veuvage aussi soudain qu'inattendu ? Probablement pas. Patience, il était bien trop tôt pour évoquer un tel futur ; aussi enthousiasmant fût-il.

12

Tarnos - mercredi, 20 h

À deux pas de Bayonne, sur l'autre rive de l'Adour, Tarnos offrait ses deux visages au visiteur : d'un côté, ses plages et son quartier résidentiel et de l'autre, son caractère industriel. En homme avisé, le Bordelais avait placé son avant-poste dans cette cité. Le fer de lance de son dispositif se composait du Turc entouré de quelques hommes sûrs. Le fief de son ennemi basque se trouvait pour ainsi dire à portée de canon de 7,65 ou de 9 mm. Jusqu'à maintenant aucune incursion n'avait été constatée et une paix précaire se maintenait tant bien que mal.

Le géant de Montélimar résidait dans une grande maison à deux étages située non loin de l'océan. Du genre cossue, même si en hiver, la tendance était plutôt à l'humidité réfrigérante. Il fallait alors aérer et faire tourner la chaudière à plein régime. Le Turc n'était pas du genre à se plaindre : *Quand on a connu la Santé en décembre, ça rend moins tatillon sur le climat. Et puis, question gonzesses, la cabane avec sa pelouse, ses toits pointus et son escalier en pierre pour accéder au perron d'entrée, ça donne grave !*

Ce soir, pas question de souris, mais de carton. Du poker entre poteaux. Le maître des lieux arrangeait avec méthode la pièce où allait se dérouler la partie. Au rez-de-chaussée, une table carrée recouverte de feutrine verte se dressait face à une cheminée où quelques bûches de pin attendaient l'embrasement. Le feu, ça fait riche, ça en impose, pensait-il avec fierté. Avec minutie et application, il apportait la dernière touche à la desserte qui recevait les bouteilles d'alcool et les paquets de cartes neuves. Pour parachever sa mise en espace, il prit place sur l'une des chaises et tendit sa main droite en direction de la desserte. C'était parfait ! Sans le moindre effort, il atteignait la bouteille de scotch et le bol de cacahuètes. Dans une partie de poker digne de ce nom, les déplacements doivent être limités au maximum. Concentration est le maître mot, sans pour autant négliger la convivialité. Aucun flingue à table ! Question ravitaillement, le Turc avait l'habitude de passer commande au troquet du coin : des sandwichs et un thermos de café bien chaud. Bon, il n'y avait plus qu'à attendre.

Dehors, dans la petite rue, Beñat patientait dans sa 2 CV. Dans l'après-midi, il avait fait un repérage des lieux et établi une tactique à suivre. Si les renseignements du commissaire se révélaient exacts, pas question de flingage à vue. Pour du collectif, il avait mieux. Si tout se déroulait bien, on allait bientôt assister à du grand spectacle. Pour l'annonce de sa justice aux condamnés, il avait réussi à fignoler quelque chose de pas trop mal.

Plus tôt, il avait suivi le Turc dans son unique déplacement de la journée. Avec la discrétion du meilleur limier de la Sûreté, il l'avait pisté jusqu'au café du coin. Entré peu de temps après l'homme de main du Bordelais, il s'était lui aussi accoudé au comptoir, les esgourdes bien ouvertes. Il avait réussi à capter la commande de sandwichs.

— Bon, on fait comme d'hab, tu les déposes sur le perron et tu sonnes. Je m'occupe du reste. Je ne te cache pas que si j'ai une bonne main, je ne vais pas me précipiter. Toi, tu n'attends pas et moi, je pille le tapis !

Son rire puissant de grand benêt avait ponctué cette phrase d'un intérêt certain pour Èlissalde, grand stratège en devenir qui tétait sa bière un peu plus loin. Ce fut à son troisième demi que le plan fut défini.

Donc, discrètement installé au volant de sa deudeuche stationnée dans la rue, il vit trois formes passer. Avec furtivité, poussées par un vent mauvais, elles pressèrent le pas dans le parc solitaire et glacé, parc que n'aurait pas renié Verlaine au meilleur de sa forme. À n'en pas douter, il s'agissait bien de Petite main, Foldingue et du Surineur qui se rendaient à la partie de cartes hebdomadaire.

Beñat patienta un moment avant de passer à l'action. En fait d'action, il se positionna simplement sur l'un des côtés du perron et attendit blotti dans son trench-coat que les choses se passent. L'essentiel de son plan avait été réalisé dans l'après-midi quand il avait espionné le Turc en pleine préparation de la partie de cartes. Son cerveau s'était emballé et de cette profonde réflexion, était sorti un plan qu'il qualifia sans grande modestie de *ouf*. À présent, tout était prêt. Il ne manquait plus que l'intervention du garçon de café avec ses sandwichs et son thermos de kawa brûlant. Au grand dam du conspirateur, celui-ci se fit attendre.

— Qu'est-ce que je me les gèle ! laissa-t-il échapper tout en soufflant dans ses mains fermées. Mais qu'est-ce qu'il fout ?

Au-dessus de lui, dans la pièce où se déroulait la partie de poker, la cheminée ronflait et craquait. Dans cette ambiance feutrée, les joueurs échangeaient cartes et verres à base de houblon écossais.

— C'est ça, profitez, bande de fumiers ! Picolez bien au chaud. De la chaleur, je vais vous en donner…

Tout en râlant, Beñat tapotait nerveusement une petite boîte en bois emmaillotée d'un épais bout de tissu qui la protégeait de la forte humidité ambiante.

À l'intérieur, les verres s'échangeaient. Les quatre hommes se connaissaient bien et se faisaient confiance, même si armes à feu, surins et autres poings américains étaient restés à l'entrée pour plus de sécurité.

Brun et trapu, le Surineur, de son vrai nom Francisco Alvarez, avait fait ses classes dans le Barrio Chino, le quartier mal famé de Burgos. Enfant, son père l'avait initié au maniement du couteau, et pas seulement pour découper le gigot du dimanche matin. S'étant fait une solide réputation auprès de la Guardia civil locale, le Surineur avait dû orienter ses espadrilles vers d'autres cieux plus septentrionaux. Le Pays basque de l'autre côté de la frontière étant copieusement infiltré par les indics du ministère de l'Intérieur ibérique, il avait poussé un peu plus vers le nord, du côté de Bordeaux. Là, dans le quartier des quais, ses talents de surineur l'avaient fait remarquer par le caïd local. Pour le feutré, le couteau était plus efficace que la sulfateuse ou le calibre, même si sa portée était moindre. Le Bordelais manquait de ce genre de spécialistes dans ses rangs et Alvarez fit tout de suite l'affaire. Depuis un certain temps, il avait rejoint l'équipe du Turc dans le sud des Landes et une partie du Béarn. Il y excellait à merveille dans les recouvrements de dettes ou la rupture brutale de contrat.

Foldingue, le grand blond maigre aux cheveux filasse qui distribuait les cartes, n'engendrait pas au premier abord l'envie de sympathiser. Ses yeux bleu délavé avaient l'expression d'un bulot pas très frais.

Fortiches étaient ceux qui parvenaient à deviner ce qui se cachait derrière ce regard qu'on pourrait qualifier de mystérieux, ou de grand malade mental. D'où son sobriquet ô combien évocateur. Lui, question spécialité, il était du genre multicarte : racket, recouvrement de dettes, règlements de comptes sanguinaires... Enfin, tout ce qui avait rapport à la violence sauvage. Souvent, son faciès arrivait à lui seul à résoudre nombre de problèmes, mais quand ça ne suffisait pas, tout ce qui lui tombait sous la main lui servait à régler n'importe quel conflit : bouteille, cutter, pied de biche, globalement tout ce qui pouvait faire mal. Mettant beaucoup de cœur à ce qu'il faisait, une mauvaise réputation s'était attachée à lui : de mauvaises langues gageaient qu'il était sadique et qu'il prenait beaucoup de plaisir dans l'anéantissement de ses ennemis. Les bonnes langues le disant aussi, il était à parier que sa réputation était fondée.

Le quatrième larron, Jo Boniface, dit Petite main, était un homme de quarante ans, de taille et de corpulence moyenne et au visage bonhomme. Son physique passe-partout le rendait pour ainsi dire invisible dans les lieux publics, les halls d'hôtel, les salles d'attente des aéroports ou des gares; enfin, dans tous les lieux où ses mains baladeuses faisaient merveille. On l'aura compris, le Jo donnait dans le farfouillage discret de poches de faisans fortunés, le délestage de valises et autres baise-en-ville. Il excellait aussi dans les visites nocturnes de chambres d'hôtel.

Le Bordelais l'avait embauché alors qu'il venait de le dépouiller de son « *morniflar* » débordant de billets de cinq cents. S'étant aperçu de l'identité du proprio du portefeuille, Jo s'empressa de le rapporter à son détenteur légitime. Il s'était alors confondu en excuses, prétextant une énorme erreur. À la grande surprise de ses hommes, le Bordelais ne le massacra pas. Séduit par le talent de ce petit gars bien ordinaire, aux doigts si agiles, il l'engagea aussitôt. Il est à noter que Petite main ouvrait également à nul autre pareil les coffres les plus forts. On comprend alors dans quel rayon le truand girondin l'employa : récupération de papiers importants ou compromettants chez les notables locaux. Ces documents pouvaient être ensuite utilisés pour un concours de chant avec maître de chorale menaçant à la mesure. Son regard d'épagneul en faisait un redoutable adversaire au poker, car personne ne pouvait savoir ce qu'il pensait vraiment. Ses doigts étaient tellement agiles que les cartes semblaient jouer à cache-cache. Jamais surpris en flagrant délit de tricherie, de fortes présomptions pesaient tout de même sur lui. Pour donner le change, Jo perdait de temps en temps au grand bonheur des autres joueurs. Oui, Jo Petite main était aussi habile et intelligent que ses compagnons de soirée étaient grossiers et intellectuellement délestés de l'essentiel.

La sonnerie de la porte tinta.

— Messieurs, déclara le Turc avec emphase et l'air ravi, la graille ! Mais d'abord, finissons cette main, je la sens bien celle-là. Tapis !

Et sans sommation, il avala d'un trait son verre de whisky.

Au-dehors, Beñat était resté caché à l'ombre du perron. Comme prévu, il avait assisté à la dépose du plateau par le serveur du bar. Sans attendre son compte, le livreur avait aussitôt disparu dans l'obscurité du jardin, poussé par un vent froid et humide. Sans hésitation, l'armurier avait jailli de sa cachette et glissé un bout de papier sous le torchon à carreaux qui protégeait les sandwichs. Puis, sans demander son reste, il s'était lui aussi fondu dans l'obscurité. À bonne distance derrière un épais buisson, il se mit en embuscade.

Après quelques minutes à poiroter dans le froid et l'humidité poisseuse, il vit enfin la lumière du perron s'allumer et la silhouette du Turc s'en détacher. Elle ne s'attarda pas et disparut aussitôt à l'intérieur. Beñat se fendit d'un mauvais sourire. Sa vengeance n'allait plus tarder à se réaliser.

— Messieurs, la bouftance !

Le grand chauve venait de déposer le plateau sur la desserte et d'un geste large, tira sur la serviette. Ses comparses souriaient à cette mise en scène très théâtrale et un peu surjouée.

— Dis donc, c'est quoi ce bout de papier ? demanda Petite main.

— De quoi ? s'étonna le Turc découvrant le mot à son tour. Ça doit être la note…

Puis, après une courte réflexion :

— Mais j'ai payé d'avance !

— Eh ben, lis-le, tu verras bien de quoi il retourne.

Suivant le conseil plein de bon sens du Surineur, le Turc se saisit du bout de papier. Il le porta à la hauteur de ses yeux et entama une difficile lecture à voix haute :

— *Vous... allez tous... payer...* La vache, c'est écrit petit... *pour le... meurtre... de Martin... Bande de salauds !*

Ce fut Petite main qui réagit le plus vite :

— À terre ! hurla-t-il.

Joignant le geste à la parole, le monte-en-l'air se jeta au sol. Les autres n'eurent pas le temps de l'imiter qu'une explosion d'une puissance inouïe souffla la moitié de la maison. Inutile de préciser que ladite moitié concernait celle où se situait la pièce dans laquelle se trouvaient les joueurs de poker.

À une vingtaine de mètres de là, Beñat avait assisté à cette scène avec appréhension et soulagement. Tout s'était déroulé à merveille. Pour un essai dans le monde des artificiers, cette première expérience était un succès. Tout tremblant, il tenait encore le détonateur à distance dans ses mains gantées. À présent, il ne devait pas traîner. L'explosion avait dû réveiller la ville entière et les secours ainsi que la foule de curieux n'allaient plus tarder à débouler. Éclairé par les grandes flammes qui dévoraient la maison sans pitié, il détala aussi vite qu'il le put, rejoindre sa deuche.

Une fois derrière le volant, il disparut dans l'obscurité de la nuit. Un dernier regard dans le rétroviseur le rassura. Personne n'accourait encore dans ce quartier calme de Tarnos. Seule la clarté de l'incendie illuminait les lieux.

Riche des renseignements glanés au café, il s'était mis en planque dans le jardin du Turc plus tôt dans l'après-midi. Ayant attendu que le truand monte faire sa sieste, il aperçut une petite porte qui menait à la cave. Elle était ouverte. Il y pénétra, chargé d'un lourd sac à dos. Repérant la situation du salon où la table de jeu avait été dressée, il installa son matériel infernal : deux bâtons de dynamite scotchés à un baril de poudre. Bien que n'aimant pas trop l'improvisation, Beñat fut ravi de découvrir dans la pénombre la conduite du gaz de ville. Avec enthousiasme, il l'ajouta à son appareil de destruction massive et relia le tout à un cordon électrique. Prenant bien soin de le camoufler, il le déroula jusqu'à un large buisson qu'il estima assez éloigné pour ne prendre aucun risque. Par mesure de sécurité, il attendit le dernier moment pour le connecter au détonateur. Une fois certain que son message était bien passé, il avait pressé avec férocité la poignée mobile vers le bas. Ce qui s'en était suivi fut sans grande surprise pour l'armurier : une formidable explosion, une claque due au souffle en plein visage et des tympans en vrac. Pour faire bref : un succès total !

13

Commissariat de Bayonne, le lendemain matin

À peine Marty avait-il mis un pied dans son bureau que Maillard apparut. Il semblait nerveux et pressé d'annoncer quelque chose d'important à son patron.

— Commissaire…

— Eh bien quoi, qu'est-ce qu'il y a ?

— Cette nuit, à Tarnos, comment dire… Le Turc, le Surineur, Petite main et Foldingue…

L'attention du policier en chef se fit plus vive.

— Oui ?

— Ils ont perdu la main, et de façon définitive.

— Non ?

Marty ne put s'empêcher d'esquisser un léger sourire qu'il effaça aussitôt. Avec une gravité feinte, il enchaîna :

— On parle bien des hommes de main du Bordelais ? C'est ça ?

— Oui, patron. Et on peut dire qu'ils se sont bien envoyés en l'air pour leur dernière partie !

— Tu peux préciser ? Non parce que là, l'humour avant mon troisième café, j'ai un peu de mal. Note bien que cette nouvelle dramatique ne me laisse pas indifférent. *Modus operandi* ?

À nouveau, il esquissa un rictus de joie qu'il masqua de la main.

— Pour faire court : explosion. Mais quand je parle d'explosion, on n'est pas dans le pétard festif. Non, vu l'état de la baraque du Turc, je pencherais plutôt pour un bombardement. J'y suis allé cette nuit, il n'en restait pratiquement plus rien. Quant aux corps, il est à parier qu'on va en retrouver un peu partout sur un rayon de cent mètres. Les gars du labo sont en train de faire le boulot. On attend leur rapport, mais pour moi, c'est tout vu. Sur ce coup vous aviez raison, c'est du Olazagasti tout craché.

— Je te l'avais dit. Il ne supporte pas qu'on lui descende ses bonshommes. Il est comme ça, Olazagasti, possessif et rancunier. Une vraie teigne ! Bon, apporte-moi mon café, il faut que je me regroupe un peu. Toutes ces nouvelles d'un coup…

— Okay, patron. Je fais ça et après, je filoche à Tarnos.

— C'est ça.

Le commissaire s'enferma dans son bureau et une fois assis, laissa exprimer sa joie.

— Oh, le con ! Lui, c'est le genre, tu lui dis l'URSS

a pissé sur la devanture de ta boutique, et il te déclenche la troisième guerre mondiale ! Oh le con !

*

Èlissalde buvait son café basque, du robusta allongé à l'armagnac, et se plongeait avec satisfaction dans le journal *Sud Ouest* du matin. La première page le ravit tout à fait. S'y étalaient les restes d'une villa d'où s'échappait un épais panache de fumée noire. En plissant les yeux et en reculant un peu le canard, il constata avec une joie enfantine que la pièce où les malveillants s'étaient réunis n'existait plus ; comme toute cette partie de la maison.

En reposant le journal sur la table, il éprouva une grande fierté. Les gros titres confirmaient bien qu'il n'y avait aucun survivant.

— Tu m'étonnes !

Levant les yeux au plafond :

— Martin, tu peux être fier de moi. Ton frère t'a bien vengé.

Il vit le feuillet égaré par le commissaire et se renfrogna.

— Pas tout à fait encore.

Il prit une grande bouffée d'air et ferma sa mâchoire à double tour. À présent, ses yeux distillaient de la haine ; une haine froide.

*

— Mais bon sang, c'est pas possible ! Qu'est-ce qu'il croit le Basque bondissant ? Qu'il peut volatiliser mes hommes comme ça ? Il se croit encore dans le maquis ? Je vais lui apprendre, moi, la guérilla urbaine et les représailles féroces. Dos au mur et tatatata !

Le Bordelais laissait éclater sa colère devant ses lieutenants. Nul n'osait intervenir.

— Le gars, comme ça, en plein armistice, il vient dégommer ma garde avancée. En plein sur mon territoire ! Ah, il aime les opérations commandos, je vais lui en donner, moi ! Il va comprendre ce que c'est que mener une guerre. Je vais lui refaire le coup de la *Blitzkrieg*[6] et il va la sentir passer celle-là.

— L'Intello, mets tous les gars en alerte. Le ban, l'arrière-ban, je veux tout le monde !

— On pourrait peut-être réfléchir, histoire de ne pas se lancer…

— De quoi ?

Le regard que lança le Bordelais à son homme de main le glaça instantanément et lui fit perdre toute envie de répliquer. Son pote essaya de rattraper la chose :

— Oui, patron, on fait comme ça. *Le banc, l'arrière-banc*, tout le mobilier va y passer s'il le faut.

6. Guerre éclair.

— Comment ?

Ce fut l'autre qui reprit la main :

— Je convoque immédiatement toutes les gâchettes en réserve.

— Mouais... Et avec toute l'artillerie. Il veut la guerre, le Basque ? Il va l'avoir et en technicolor encore. Je vais lui faire un de ces shows pyrotechniques, qu'il va se croire au temps de l'Occupation. À la frisée, je vais lui faire les représailles. Eh bien quoi, qu'est-ce que vous avez à traîner ici ? Dans deux heures, je veux tout le monde dans mon bureau avec l'inventaire des armes et j'aime autant vous prévenir que je veux du lourd...

Les deux hommes débarrassèrent le plancher à la vitesse d'une balle de 11,43. Ils le savaient, quand leur patron partait dans ses délires répressifs, il n'était pas bon se mettre sur son chemin. Ennemis, alliés, contradicteurs, à ces moments-là, le Bordelais avait du mal à faire la différence et la retraite avec agrément servile était la meilleure des stratégies pour allonger son espérance de vie.

*

Quand l'inspecteur arriva à Tarnos, il avait pour ordre de relever le maximum d'indices. Retrouver quelque chose de probant dans ce fatras de gravas et de poutres disloquées, revenait à chercher un pou dans la chevelure d'un hippie des beaux quartiers. Un homme s'avança vers lui. Il portait une sorte de combinaison blanche ouverte sur un col serré par une cravate noire. Il devait avoir la quarantaine, mais en paraissait plus. Maillard lui demanda :

— Alors ?

Le technicien ajusta de l'index les lunettes posées sur son nez et afficha une mine dubitative.

— Pas grand-chose… Bon, on sait déjà ce qu'ils ont employé pour volatiliser la bicoque. On a retrouvé des traces de dynamite un peu partout dans ce qui reste de la cave et du rez-de-chaussée et aussi des résidus de poudre. Si on ajoute le gaz de ville…

— De la poudre ? Quel genre de poudre ?

— Oh, celle qu'on trouve dans les munitions.

— Il est facile de s'en procurer ?

— Oui, ça ne pose pas trop de problèmes. Beaucoup de chasseurs confectionnent eux-mêmes leurs cartouches. On en trouve aussi dans les armureries, les clubs de tir et évidemment sur le marché parallèle.

— Donc, rien d'extraordinaire en fait. Et pour la dynamite ?

— Bah, il n'est pas rare qu'une caisse ou deux disparaissent dans des carrières.

— Mais ce genre de vol ne doit pas être déclaré ?

— Si, en principe, mais contre quelques billets… Ah, on a aussi retrouvé le cordon de mise à feu.

— Et il a parlé ?

— Non. C'est un cordon tout ce qu'il y a de plus ordinaire. Il était à coup sûr relié à un détonateur à pompe, vous savez comme dans les films de guerre.

De ses deux mains, le technicien mimait le geste de la mise à feu.

— Oui, je vois, acquiesça Maillard. Et ce détonateur, on l'a retrouvé ?

— Non. Ils ont dû l'emporter. D'ailleurs, la mise à feu s'est faite depuis ce gros buisson là-bas. C'est dans ce massif que finissait le cordon.

Il désignait de la main un bouquet de laurier cerise bien épais.

— Pas d'empreinte, rien ?

— Non, juste des traces de piétinement. Le sol était humide.

— D'accord, souffla l'inspecteur un peu accablé, avant de reprendre : et les corps ?

— Alors là, vous allez rire… Enfin, façon de parler. On a retrouvé des morceaux un peu partout : au plafond, sur les murs, au premier… Je vous raconte pas le boulot pour rassembler tout ça. Ceux qui aiment les jeux de patience vont se régaler.

— Et vous me confirmez bien qu'il s'agit du Turc, de Foldingue, de Petite main et du Surineur ?

— Oh, si on en croit les cartes retrouvées dans les portefeuilles, ça correspond en effet. Ah, à propos, on est tombé sur un fragment de papier carbonisé que serrait encore une main. Quelques lettres restaient visibles.

— Comme ?

— *allez tous… payer*. Enfin quelque chose comme

ça. Il faut l'amener au labo pour confirmation.

Maillard resta un court instant perdu dans ses pensées. *allez tous... payer,* se répétait-il mentalement. Qu'est-ce que ça voulait dire ? Il n'en avait aucune idée.

— Je peux y aller ? demanda le technicien, parce qu'il y a encore pas mal de boulot et je...

— Oui, allez-y. Et tenez-moi au courant.

— Je vous envoie le rapport.

Déjà il rejoignait la maison, ou du moins ce qu'il en restait.

Après un bref regard sur la ruine fumante, Maillard tourna les talons. Il ne désirait plus penser à ce morceau de papier qui sans doute n'avait pas de lien avec cette affaire. Enfin, pour le moment il désirait mener son enquête de proximité. Rien de très relaxant, mais bon, il fallait bien y passer.

*

Olazagasti lisait avec une certaine émotion les pages de *Sud Ouest.* Il ne pouvait s'empêcher de ricaner. À ses côtés, maître Courtois affichait une autre mine, plus fermée, moins joviale.

— Oh, les cons ! s'exclama le parrain basque. Quand je vous dis que ce sont des amateurs ! Manipuler de la dynamite dans son salon au milieu d'une partie de cartes... Quand je pense que j'ai failli embaucher cet abruti de Turc...

— D'après mes sources, il ne s'agit pas d'un accident, mais d'un attentat.

— Ah bon ? Et qui en voudrait à cette bande de bras cassés ?

— Je ne sais pas. Bras cassés ? Ils ont quand même fait du bon boulot ces quatre-là dans leur carrière.

— Oui, eh bien justement, dans cette branche, il faut toujours se montrer prudent. On n'est jamais à l'abri de rancœur. Ça ne serait pas la première fois qu'un demi-sel bousculé lors d'un paiement de taxe sur la protection se rebelle. L'honnête homme peut se révéler rancunier, revanchard, voire même susceptible. Et je ne parle pas du cocu, là on entre dans l'irrationnel. Comment un p'tit mec peut vouloir s'en prendre à une baraque comme le Turc ?

— En l'atomisant à coups d'explosif.

— Oui, c'est vrai que la méthode est assez efficace et somme toute peu risquée. Mais bon, je vois mal un bourgeois s'adonner à ce genre de loisirs. Il faut quand même quelques aptitudes si on ne veut pas s'envoyer en l'air avec sa victime.

— On en revient à ce que je pense. Du boulot de pro. Mais qui ? Dans le coin, il n'y en a pas trop des gars qui peuvent monter un coup pareil.

— Je me suis laissé dire que des mecquetons de Pau avaient monté une équipe.

— Oui c'est vrai. D'ailleurs à ce sujet, il paraîtrait que ce sont eux qui auraient fait le coup du Lyonnais.

À cette annonce, le visage d'Olazagasti se ferma.

— Sérieux ?

— C'est ce qui se raconte. Rien de certain.

— On en sait un peu plus sur eux ?

— Oh, schéma classique : enfance difficile, issus pour la plupart de l'immigration et de quartiers eux aussi pas très heureux. Si on ajoute l'échec scolaire et un sentiment de rejet du reste de la société, on a un portrait assez réaliste de ces gars-là.

Le truand regardait l'avocat avec stupéfaction.

— Je ne vous parle pas de leur profil, mais de qui ils sont réellement.

— Ah, au temps pour moi ! Non, on les appelle l'équipe du Boyard…

— Du ?

— Boyard, c'est le nom d'un café palois où ils ont l'habitude de se réunir. Sur la place de Verdun, je crois. Enfin, bref, c'est une bande de copains, issus de l'Ousse des bois, une cité HLM du nord de Pau. Ils ont un casier de petits délinquants : vols d'autos, de mobylettes, braquages d'épiceries et de stations-service.

— Parcours classique, quoi !

— Voilà ! Sur ce coup, ils ont dû vouloir passer à la vitesse supérieure.

— Et dégommer du passant et du poulet. Et tout ça sur mon territoire ! Faites-moi penser à envoyer quelques gars à Pau, histoire de régler ce petit différend. Tiens, le coup de la dynamite, en voilà une idée qu'elle est bonne.

Puis, il partit d'un rire bien gras et ajouta :

— La leçon sur la concurrence va être brève, mais ô combien instructive pour ces minables. *Boum !* Fin de la bande du Boyard. Non, mais je te jure, quel nom à la con pour des truands. Quoi, qu'est-ce qu'il y a ?

L'avocat tirait toujours une tronche de deux mètres, égaré dans ses pensées.

— Ça ne nous dit toujours pas qui a dynamité le Turc et ses copains.

— Et alors, ça ne nous regarde pas. C'est au Bordelais de régler son souci d'effectif.

— Justement ! Et si le Bordelais se mettait en tête que c'étaient nous les responsables.

— On a bien dégommé Rodriguez, est-ce que pour autant je vais mettre la Gironde à feu et à sang ?

Puis s'arrêtant net, Olazagasti bâilla comme une moule pas fraîche. Pris dans une profonde réflexion, il lâcha d'un coup :

— Mais dites-moi, et si c'était le Bordelais le commanditaire de la mort de Rodriguez ?

— Ah, j'avais peur que vous arriviez à cette conclusion. Moi, je flaire autre chose.

— Envoyez !

— Et si un autre groupe, une autre bande désirait nous monter l'un contre l'autre.

— Dans quel intérêt ?

— C'est simple, on s'entretue et à la fin, ceux qui ont déclenché le massacre récupèrent le tapis.

— Oui, seulement des bandes comme ça, il n'y en a pas. Dans le grand Sud-Ouest, il n'y a que moi et le Bordeluche. Pour monter un coup pareil, il faut de l'effectif, de la logistique, de l'armement et aussi une sacrée dose d'inconscience. Et dans tout l'Hexagone, je ne connais personne qui oserait entreprendre un coup pareil. Et n'oubliez pas une chose, j'ai des grandes oreilles. De Lille à Strasbourg en passant par Marseille, la Bretagne et Paris, si un gars imaginait seulement s'approprier mon entreprise, je le saurais dans la minute qui suit et je ne vous raconte pas les représailles. Une boucherie !

— D'accord. Disons que j'ai l'imagination un peu fertile… Et Mendiola ?

— Quoi, Mendiola ?

— C'est peut-être lui le responsable de tout ça ?

— Vous plaisantez, maître ? Le Croquemort et sa bande de voyous sont juste bons à dealer un peu de shit et à maquiller quelques caisses et mobylettes. Il sait très bien que s'il bouge le moindre de ses épis crasseux, je les atomise, lui et ses marlous.

— Je ne sais pas… Il n'empêche qu'il vaut mieux rester prudent et avertir les gars.

— Mais non. Tout ça c'est des foutaises. On ne va rien changer. À propos, vous avez trouvé des candidats pour remplacer Rodriguez ?

— Je ne vous cache pas que sur le marché des porte-flingues, les occasions ne courent pas les rues.

Mais bon, j'ai quelques types qui pourraient faire l'affaire.

— Envoyez-les moi. Je veux les recevoir en personne, les tester à ma manière.

— Entendu. Soyez pas trop dur quand même.

14

Tarnos

Durant toute la journée, l'inspecteur Maillard avait réalisé une enquête de voisinage qui n'apporta rien de nouveau à l'affaire. Tous avaient bien entendu la terrible explosion et quelques fenêtres avaient volé en éclats. Mais question élément déterminant, rien, nada, à part peut-être ce petit détail. Un riverain, gendarme à la retraite, promenait son caniche vers 20 h 43 et aurait vu une 2 CV gris clair garée sur la place de madame Pinson partie pour trois jours voir sa fille en Auvergne. Pas vraiment du sublime question indice ! Restait à investiguer du côté du café du Commerce, seul établissement du quartier.

Quand il fit son entrée, le débit de boissons était pour ainsi dire vide. Le rush du matin était passé. Ne demeuraient que quelques habitués accrochés à leur verre. Derrière le comptoir, le barman essuyait quelques ballons sans grande conviction.

— Et pour monsieur, ça sera ?

— Un café.

— Ça marche.

En un temps record, la tasse fut déposée sur le zinc devant Maillard.

— Vous, je parie que vous êtes journaliste ou policier. Je me trompe ?

L'inspecteur sortit sa carte et la montra au cafetier.

— Gagné. Vous vous doutez peut-être pourquoi je suis là ?

— Mon arabica n'étant pas extraordinaire, je suppose que vous venez pour l'affaire de cette nuit. Quel barouf !

Puis, étirant son torse sur le comptoir et prenant un air de conspirateur, il ajouta :

— De vous à moi, c'était pas juste une fuite de gaz cette affaire ?

— Il y en avait, mais pas que, effectivement.

— Je le savais, déclara le barman tout sourire en se redressant.

— Dites-moi, à ce sujet, vous n'auriez rien vu de spécial, par hasard ?

Cette fois-ci, le préposé au café gonfla sa poitrine et afficha un large sourire.

— Vous plaisantez ? Je peux même dire que j'y étais.

— Comment ça ?

— Eh bien, c'est moi qui ai apporté les sandwichs

et le café à ces messieurs.

— À quelle heure ?

— À 21 heures, j'ai déposé mon plateau devant la porte de la maison, j'ai sonné comme convenu et j'ai mis les bouts.

— Et vous n'avez rien remarqué ?

— Non. Comme ça caillait, j'ai pas traîné. Arrivé au bout de la rue : *boum* ! Ah, je ne vous raconte pas l'explosion. J'ai failli me retrouver à terre. D'une violence !

— Et sinon, plus tôt dans la journée, rien de spécial, de suspect ?

Le barman esquissa une moue dubitative et fit mine de réfléchir :

— Non, rien de spécial. Vers 16 heures, le grand chauve est venu me commander ses sandwichs comme il le faisait chaque mercredi, il a réglé et puis basta, rien de plus. Pas vrai Roger ?

Il venait de s'adresser au type à l'autre bout du zinc. Une main serrant son demi et une autre maintenant sa tête rougeaude, lui aussi esquissa une moue qui ressemblait à celle du barman, entre scepticisme et dégoût.

— Mouais, rien de plus.

Puis, d'un coup, se redressant :

— Y avait bien ce type…

— Un type ? Quel type ? répliqua Maillard.

— Oh, un gars pas de chez nous. Plutôt du genre démarcheur avec son imper à la Maigret. Sans doute venait-il de l'usine… Je ne sais pas…

— Ah oui, c'est vrai, je me souviens, confirma le barman, un client de passage comme il y en a tous les jours. Il a bu quelques verres et puis il est parti.

— Et pendant ce temps-là, il y avait le Turc qui prenait sa commande ?

— Oui, enfin, le gars est arrivé un peu après lui et d'ailleurs, il est reparti après lui aussi, après quelques verres.

— C'est ça ! confirma le poivrot à l'autre bout du comptoir. Je m'en souviens c'était l'heure de mon picon !

L'inspecteur notait tous ces faits sur un carnet sans trop y attacher d'importance. La routine en quelque sorte. Il ajouta sans grande conviction :

— Rien de plus ?

Les deux autres secouèrent la tête, presque désolés. Maillard tenta une dernière question :

— Et sinon, votre client, quelle apparence ?

— Bof… Je dirais, la petite cinquantaine… Pas très grand, pas très mince, le visage plutôt rond, un peu congestionné quoi, le gars qui ne suce pas que les glaçons, si vous voyez ce que je veux dire.

L'inspecteur donna un petit coup de tête en direction du client.

— Un peu comme celui-là ?

— Oui, enfin, le ton quand même en dessous, si vous voyez ce que je veux dire. Moins cramé quoi.

— Je vois. Bon, eh bien merci pour ces renseignements, messieurs.

Il les salua de la main et quitta le café.

Sur le trottoir, il fit un bref bilan de ce qu'il venait d'apprendre et ce bilan se résuma à *pas bézef ! que tchi !* Il rejoignit sa voiture, une Alfa GTV, et décida de rentrer à Bayonne.

15

Saint-Jean-Pied-de-Port

Pour ses entretiens d'embauche, Olazagasti avait préféré délocaliser son bureau de recrutement. Recevoir les futurs employés dans sa maison ne lui paraissait pas une idée pertinente. Il n'est pas bon que le petit personnel vienne baver devant l'immobilier de son patron, ça pourrait facilement donner de mauvaises pensées à des esprits faibles.

Après avoir dégusté une truite arrosée d'un Irouleguy blanc au Relais de la Nive à Saint-Jean-Pied-de-Port, il entama une petite balade dans les rues pentues de la cité historique et pour tout dire très pittoresque. Accompagné d'Etchegaray, un de ses hommes de main, il déambulait paisiblement dans les rues, croisant régulièrement des marcheurs du chemin de Saint-Jacques. Au grand étonnement du gorille qui l'accompagnait, il fit une halte devant l'église Notre-Dame du Bout du Pont et y pénétra seul. Il en apprécia la fraîcheur et le parfum si particulier des cierges qui se consument. Ça lui rappelait son enfance, quand il faisait l'enfant de chœur à Sare avec son frère Iban.

On ne peut pas dire qu'ils avaient choisi le même chemin ces deux-là. À l'adolescence, Vixente avait préféré les sentiers de montagne et les passages de frontière de nuit à la prière et à la lecture des Saintes Écritures. Son frère Iban était entré au séminaire et lui en truanderie. Chacun sa voie, chacun sa vocation. Vixente n'en restait pas moins croyant et ce jour-là, il alluma un cierge qu'il dédia à la Vierge Marie en la priant de ne pas être trop sévère avec lui. En fin de prière, il lui demanda même de l'inspirer dans son entretien de recrutement. Il ne doutait de rien l'Olazagasti.

Quand il réapparut sous le porche, le truand paraissait détendu, souriant. Il déclara d'une voix forte :

— Bon, allons-y, ne faisons pas attendre ces messieurs. Paxi, tout est en place ?

— Comme vous l'avez demandé, patron, répondit le porte-flingue.

D'un pas décidé, Olazagasti prit sur sa gauche et passa sous la porte médiévale qui donnait sur le vieux pont. Les trois hommes traversèrent ainsi la Nive et se retrouvèrent sur l'autre berge. Dans la rue d'Espagne, ils s'engouffrèrent dans un vieil immeuble.

Le premier postulant à pénétrer dans la pièce où le truand en chef s'était installé derrière un robuste bureau de chêne massif était un homme brun de petite taille au visage taillé à la serpe. Ses yeux noirs, sous d'épais sourcils en bataille, distillaient une dureté qui n'impressionna pas Olazagasti. Après les questions d'usage concernant l'état du casier judiciaire, la spécialité du prétendant et sa motivation arriva le moment décisif de l'entretien. De cette épreuve dépendait l'avenir du candidat à faire partie de la bande. Des rumeurs les plus folles couraient sur un rituel cruel auquel devaient se soumettre les postulants, une épreuve que seuls les plus forts et les plus braves parvenaient à surmonter. Aussi Saverio Etchemendy attendait avec appréhension le verdict du parrain. Toujours immobile, Vixente relisait attentivement ses notes et le CV de l'homme. Son visage fermé n'annonçait rien de bon. D'un coup, il releva la tête et son visage se fendit d'un aimable sourire. Pourtant, une lueur dans son regard ne rassura pas l'aspirant. Du sadisme ? De la joie malsaine ? Il ne sut le définir, mais commença à regretter de se trouver là.

— Bien, déclara Olazagasti l'air ravi, tout cela me semble parfait. Un verre ?

— Euh, oui... Avec plaisir, monsieur.

Durcissant son regard, le taulier demanda d'une voix grave :

— Izarra jaune ou Izarra verte ?

Saverio crut défaillir. Il n'en montra rien. Il devait

se montrer dur, sans faiblesse, mais bon sang, quelle épreuve !

— Jaune, articula-t-il d'une voix mal assurée.

— À la bonne heure ! éclata Vixente sincèrement heureux de cette réponse. Tu as fait le bon choix.

Se saisissant de la bouteille, il en remplit un grand verre qu'il tendit aussitôt à Etchemendy plus blanc qu'un linge de messe.

— Tu vois, ce genre de nectar ne se boit pas cul sec.

— Ah bon ? répliqua le candidat terrorisé.

— Non, ça se déguste, gorgée après gorgée.

— J'ignorais ce détail.

Sa mâchoire tremblotait et c'est une main flageolante qui porta le verre à ses fines lèvres. La première gorgée lui emporta le palais tout en lui enflammant la langue.

— Tu sens bien toutes les bonnes herbes de nos chères montagnes.

— Oui, c'est vrai qu'on les sent bien. Il y en a beaucoup, non ?

Saverio luttait pour effacer la grimace qui tentait de défigurer sa face osseuse.

— Oui, c'est ce qui fait la richesse de ce nectar.

— Ça, on ne peut pas lui reprocher...

— Non, et quelle poésie dans sa robe dorée et sa finale en bouche !

— C'est vrai, que question finale, on voit bien qu'elle va s'éterniser...

— Formidable, hein ? s'enthousiasmait Vixente.

— Oui… Un vrai bonheur…

Ses yeux s'embuaient tant sa lutte pour ne rien laisser paraître était difficile.

— Bien, déclara le parrain satisfait, j'ai le plaisir de te déclarer officiellement membre de ma petite entreprise. Tu peux à présent m'appeler patron. Allez, vide ton verre.

Le nouveau porte-flingue redoutait cet ordre, mais l'épreuve touchait à son terme. Un ultime lever de coude et c'en était fini. Restaient les séquelles.

— Ah, dernière chose, ne dis rien de notre entretien aux autres gars qui attendent dans la pièce. C'est compris ?

Saverio eut du mal à faire bouger ses lèvres et sa langue après sa dernière gorgée.

— Oui, patron.

— Tu sais que si tu avais choisi la verte, expliqua-t-il en désignant la bouteille d'Izarra d'un coup de menton, tu te serais retrouvé à réceptionner les caisses sur les quais de l'Adour. Tandis que là, tu pourras faire tes preuves comme homme de confiance. Allez, file !

C'est avec un visage défait, plus blanc qu'un cierge de Pâques, qu'Etchemendy se présenta aux autres postulants.

— Au suivant, balbutia-t-il avec difficulté avant de disparaître dans les toilettes qui se trouvaient au fond du couloir.

Les quatre hommes se regardèrent avec terreur.

— La vache, déclara l'un d'eux, qu'est-ce qu'il lui a mis ! Je ne sais pas si je vais tenter.

— J'ai une famille à nourrir, dit un deuxième, j'y vais... Tant pis !

D'un pas mal assuré, l'homme se dirigea vers la porte. Les autres le regardaient avec pitié.

16

Bordeaux

Le Bordelais avait réuni sa garde rapprochée dans son hôtel particulier de la rue Vital-Carles pour exposer ses plans d'invasion du Pays basque. Il était remonté comme jamais. La disparition soudaine de ses quatre hommes à Tarnos avait réveillé en lui des envies de représailles cruelles. Devant lui, l'équipe attendait que le patron se lance dans son discours. Le silence régnait dans le grand bureau de style retour d'Égypte. Dans un silence absolu, le parrain local jaugea ses porte-flingues d'un regard sévère, la bouche serrée en un rictus que n'aurait pas renié Mussolini. Il prit une profonde inspiration et se lança :

— Messieurs, l'heure est grave. Des envieux, des pousse-mégots, cherchent de toute évidence à nous nuire. Un mort, j'aurais rien dit, mais quatre d'un coup, comme ça, sans sommation, pas même une légitime défense, là, je dis qu'il y a de la déclaration de guerre dans l'air. Vous me connaissez, d'ordinaire je ne suis pas le mauvais cheval, plutôt pondéré quoi, mais là, le porteur d'espadrilles est allé un peu trop loin. Je vous le demande, qu'est-ce qu'il avait à dégommer à l'explosif le fer de lance de mon dispositif ? On avait dit chacun chez soi, mais il va voir, le berger basque, comment je vais le franchir, moi, le Rubicon !

— Le quoi ? osa demander Manolo dit le Gitan.

— Le Rubicon ! T'as jamais entendu parler de César ? Bon, je reprends pour ceux qui suivent... Où en étais-je ?

— Au Rubis con, patron.

— Laissez tomber les références culturelles. Donc, disais-je, préparez-vous à franchir l'Adour pour y semer le chaos et la désolation. Je vais lui montrer, moi, au bouffeur d'axoa ce que c'est que de la représaille sauvage. Je vais lui cramer tout son territoire et il va comprendre ce que c'est que de défier mézigue !

En disant ces mots, le visage du Bordelais se déformait comme celui d'un dictateur germanique en haut de sa tribune.

— Fourbissez vos armes ! Je veux du gros calibre, de l'automatique, du lance-flammes, du bazooka... Tout ce qui peut exterminer le joueur de pelote et sa bande. C'est compris ?

Tous acquiescèrent de la tête, même si cette expédition en terrain ennemi ne les enchantait guère. L'un d'eux, l'Intello, osa lever la main.

— Oui, aboya son chef.

— Je me disais comme ça... Ne va-t-on pas un peu trop vite en besogne ?

Le regard que lui lança le Bordelais aurait dû le terrasser sur place, mais il poursuivit :

— Non parce que si on s'attaque comme ça à Olazagasti, les gars de Paris, ils ne vont pas être particulièrement jouasses.

— Tu peux développer, là ?

— C'est le Basque qui les fournit en stups et si vous le dégommez comme ça, sans avoir essayé de négocier, je me dis qu'on peut rapidement les avoir sur les reins.

— Mais négocier quoi ? Je te rappelle qu'il a volatilisé sans aucune raison le Turc et ses petits camarades de jeu.

— Je ne nie pas le côté cavalier du procédé, je dis seulement que si vous alliez voir Olazagasti juste pour la forme, les Parigots n'auraient rien à redire ensuite s'il y avait représailles.

— Je vois ce que tu veux dire. Je rencontre et ensuite j'atomise… Oui, pourquoi pas… Bon, toi, l'Intello, tu m'accompagnes avec, en arrière garde, Gros Minet et le Boxeur. Quant à vous autres, ne cessez pas de fourbir comme prévu.

*

Bayonne, 8 h 15

Beñat relisait pour la énième fois la liste qu'avait "égarée" le commissaire. À chaque fois, le nom de maître Courtois attirait son attention. Mais pour une raison qu'il ignorait, il préféra ne pas s'y attarder. La profession prestigieuse d'avocat l'intimidait peut-être. Il ne savait pas trop et préférait se faire la pogne sur les petites mains du crime comme il l'avait fait jusqu'à maintenant. Et puis, il se réservait les plus hauts responsables de la mort de son frère pour le bouquet final. Dessouder du malfrat ne s'avérait pas si difficile que ça, mais du notable, qui plus est protégé par une armée de malfrats, ça se peaufinait et ça se mûrissait. De toute manière, à la fin, Olazagasti payerait. Cette pensée obscurcit son regard. Il l'éclaircit d'une lampée de calva. Rien de tel pour remettre les idées à leur place. Un nom dans la liste l'intriguait, non pas qu'il fût mis en avant où qu'il comportât des annotations particulières, mais sans doute à cause de l'originalité du patronyme : Ioannis Criticos Evangelos. D'où pouvait bien sortir un gars avec un nom pareil? De toute manière, c'était décidé, il était le prochain. Le tueur au nom exotique résidait à Hendaye dans un petit immeuble. Les annotations du commissaire donnaient également des détails comme l'étage et le numéro de porte. Il ne lui manquait plus qu'un plan de la ville. Comment allait-il procéder ? Ce dernier point restait à définir. Comme il exhalait les vapeurs d'alcool par sa bouche entrouverte, une idée lumineuse lui vint à l'esprit. Il gloussa et son sourire devint féroce.

*

Biarritz, 9 h 33

La Mercedes s'arrêta devant les grandes grilles qui fermaient la propriété d'Olazagasti. Aussitôt ses puissants klaxons retentirent. Une baraque genre armoire à glace sortit furieuse de la petite conciergerie. Il hurla :

— Et alors, ça va pas ? Vous vous croyez où ?

Une des glaces arrière de la berline se baissa et le visage du Bordelais apparut. Le balèze se figea sur place.

— Dis à ton patron que monsieur Vidal veut lui parler. Eh bien quoi, qu'est-ce que tu attends ?

— Oui, monsieur, je vais vous annoncer.

Le portier disparut dans la conciergerie et moins d'une minute après, la grille s'ouvrit d'elle-même. Le Bordelais apprécia la rapidité de la chose.

— Vous voyez les gars, ce que c'est qu'une bonne réputation. Je suis certain que là-bas, dans la maison de poupée, ils font tous dans leur froc !

Un ricanement collectif ponctua cette remarque au moment où la Mercedes franchissait le portail. Il s'éteignit d'un coup quand les grilles se refermèrent derrière eux.

— C'est pas bon ça, patron, s'inquiéta l'Intello.

— Tu te fais des idées. On ne risque rien, on est en négociation. Des ambassadeurs de la paix en quelque sorte et on ne flingue pas des plénipotentiaires en mission.

— Notez bien que ça, c'est déjà vu.

— Oui, eh bien, t'as raison, restons sur nos gardes.

Le cran de sûreté des armes fut dégagé. Elles restaient à portée de main. Au cas où.

La berline teutonne avançait au pas dans la grande allée qui menait au palais.

— Non, mais, matez-moi cette cabane de tarlouz*e*, lança Vidal vachard. Comment peut-on prendre au sérieux un gars qui vit dans un truc pareil ?

— Par son petit personnel, osa ajouter un des porte-flingues.

Sur les dernières marches du grand escalier se tenaient six hommes armés de M16[7] dernière génération. Sortant d'une des portes vitrées, Olazagasti apparut. Serré dans un costard sur mesure noir à fines rayures, il tirait sur un Montecristo. Il toisait les nouveaux arrivants avec une sorte de mépris dans la prunelle. Les Girondins sortirent de leur caisse en mesurant chacun de leurs mouvements. Le moindre éternuement pouvait entraîner un véritable massacre.

7. Fusil d'assaut américain.

Le Basque retira le cigare de ses lèvres et lança de sa forte voix :

— Tu aurais dû t'annoncer, Vidal. Là, tu me prends un peu au dépourvu. Excuse l'improvisation.

Les visiteurs goûtèrent modérément l'ironie de leur hôte.

— Je me suis dit qu'il était bon qu'on se parle un peu, décocha le Bordelais toujours au bas des marches, rapport à tout ce qui s'est passé ces derniers temps.

— J'ai lu ça dans les journaux. Tu comptes rester au pied de l'escalier ? J'ai tout ce qu'il faut dans mon salon pour parler.

Il tourna les talons et disparut dans la maison. Seul le panache de fumée grise resta sur la terrasse.

— Bon, alors les gars, du style et de la dignité, marmonna Vidal à ses hommes, surtout ne vous laissez pas impressionner par ces baltringues. Et pas de gestes inconsidérés.

Avec une lenteur mesurée, le Bordelais gravit les marches de pierre, encadré par les hommes du Basque. Deux pas derrière, ses gorilles suivaient, aussi rassurés que des pucelles dans une soirée de Hugh Hefner[8].

L'ambiance dans le salon était de celles que l'on pourrait qualifier sans trop se tromper de glaciales. Pendant un moment, tous les hommes présents

8. Patron et fondateur de *Playboy magazine.*

s'observèrent en silence avec méfiance. Au moindre geste mal interprété, tout pouvait dégénérer en véritable boucherie. Conscient que cette atmosphère était néfaste à toute négociation, Olazagasti proposa à son concurrent et néanmoins ennemi :

— Prends un siège et discutons. Un verre ?

— Tu comptes m'empoisonner avec ta cochonnerie locale ?

La bouche du Basque se tordit, mais il prit sur lui de rester courtois et de contenir l'affront qu'il venait de subir ; lui et tous ses ancêtres.

— J'ai là un scotch de trente-cinq ans d'âge, élevé dans les Highlands, ou sinon, connaissant ton amour de la patrie, j'ai une Fine Champagne Napoléon de 1944.

— Ce n'est pas mon année préférée, mais en hommage au grand homme, je me referais bien le palais avec.

— Très bien.

Il fit un geste à l'un de ses hommes qui servit aussitôt le Bordelais, avant de reprendre :

— Que me vaut ta présence ici ?

— Il se trouve que ces derniers jours, j'ai perdu quatre de mes hommes, comme ça, volatilisés à la nitro et poudre noire.

— Moi, je mets toujours mes gars en garde de ne pas jouer avec les explosifs. On n'est jamais assez prudent avec ces machins.

— Je ne me suis pas bien fait comprendre. Mes

hommes ont été victimes d'un véritable attentat, d'une attaque sans sommation et je ne te cache pas que ça me contrarie. Dois-je préciser que cette mésaventure s'est déroulée en plein sur mon territoire ?

— Et ?

— Et j'aimerais savoir si tu ne serais pas un peu derrière tout ça.

— Moi ? Pourquoi ? Quel en serait mon intérêt ? Je suis peinard ici. J'importe, j'exporte. Pas besoin de m'agrandir. Par contre, puisque tu abordes les sujets qui fâchent, tu n'es pas sans savoir qu'un de mes gars, un être cher, s'est fait dessouder à coup de calibre devant son établissement.

— Par un client qui n'appréciait peut-être pas les spécialités locales ?

C'était la deuxième fois que le Bordelais égratignait son cher Pays basque. Olazagasti dut à nouveau prendre sur lui pour ne pas se saisir de son calibre et le vider sur Vidal qui trempait ses lèvres dans le ballon de cognac. Il prit une profonde respiration et ajouta :

— Par le plus grand des hasards, tu ne saurais pas quel est l'empaffé qui se serait permis ?

— Non, vraiment, je ne vois pas. Mais va pas te mettre martel en tête, sur ce coup je n'y suis pour rien, ni moi ni mes hommes.

Les porte-flingues du Bordelais confirmèrent par un léger hochement de la tête.

— Bon, admettons, conclut le Basque en esquissant une moue dubitative, on mettra tous ces petits incidents sur le compte des aléas de la vie. Le manque de bol, quoi. D'accord ?

— Si ça peut nous éviter un bain de sang, je suis assez d'accord. Par contre, s'il y avait d'autres aléas de la vie, comme tu les définis, je ne sais pas si j'arriverais à retenir mes gars.

La menace était à peine voilée et le message très clair. La paix était sauvée, mais fragile. Le Bordelais se leva d'un coup.

— Bien, puisque l'essentiel a été dit, il ne me reste plus qu'à regagner mes pénates. J'ai des affaires qui m'attendent. Je ne donne pas dans le bricolage ni dans l'oisiveté. Allez, les gars, on décarre !

Ils allaient franchir la porte du salon d'honneur quand une voix les arrêta dans leur élan :

— Si un seul de mes hommes est simplement dérangé par l'un des tiens, je crame tout ton territoire. C'est compris ?

— Ne te fais pas plus gros que tu n'es, Olazagasti.

— N'oublie pas ce que je viens de dire. Évite de me contrarier.

— Tu ne m'en voudras pas, mais je voudrais profiter de cette éclaircie pour rejoindre ma caisse sans me tremper. Je viens de m'offrir un costard de chez Cardin, c'est pas pour le ruiner à cause du climat humide du coin. Salut !

Le Bordelais et ses hommes quittèrent la pièce. Etchegaray, l'une des gâchettes préférées d'Olazagasti, se pencha sur son patron toujours assis sur son canapé Empire.

— Je le bute, patron ?

— Non, laisse. Ce malotru va bientôt goûter au délice de la baie de Saint-Jean. On dit ses fonds marins admirables en cette saison.

Les trois hommes présents dans le salon éclatèrent de rire. Leurs voix graves firent trembler les précieuses boiseries. La seule éventualité d'une promenade en mer en compagnie du Bordelais les rendait joyeux. Aux âmes simples, les plaisirs simples !

17

Commissariat de Bayonne

C'est un Maillard tout excité qui entra dans le bureau de Marty. Comme à son accoutumée, il trouva le commissaire le nez plongé dans les dossiers du jour.

— Patron, vous ne savez pas la nouvelle ?

Ce fut à peine si son supérieur leva un œil débordant de scepticisme. Faisant fi de ce manque d'enthousiasme, l'inspecteur enchaîna :

— Le Bordelais, eh bien, il est venu rendre une visite à Olazagasti ce matin.

Cette entame fit relever entièrement la tête de Marty. Cette fois-ci, tous ses sens étaient aux aguets.

— Oh ? laissa-t-il échapper.

— Oui, il a débarqué ce matin avec trois de ses hommes à la baraque d'Olazagasti.

— Et ça a fumé ? Combien de morts ?

— Aucun, patron.

— Comment ça ? Pas un blessé, rien ?

Le commissaire avait du mal à masquer sa déception. Son subalterne le remarqua à peine et poursuivit avec le même enthousiasme :

— Non, d'après ce qu'on raconte, ils ont discuté. Bon, d'après radio tonton[9], il paraît que c'était tendu, mais correct.

— Mais bon sang, de quoi ont-ils parlé ? Me dis pas que le Bordelais s'est tapé près de deux cents bornes juste pour échanger des amabilités.

— Ben, il faut croire que si. Il voulait surtout savoir si le coup de Tarnos ne venait pas du Basque.

— Et évidemment, Olazagasti a tout nié.

— Ben oui.

— Et l'autre pomme a tout gobé.

— C'est ça ! Il a même ajouté qu'il n'y était pour rien dans la mort de Rodriguez.

Tout un pan du plan de Marty s'écroulait. Non seulement les deux truands ne s'étaient pas lancés dans une guerre fratricide, mais ils avaient apparemment conclu une nouvelle paix.

Maillard ajouta avec plus de gravité :

— Par contre, d'après mon informateur, au moindre incident, ce sera la guerre totale. Ça reste quand même chaud. Le moindre truand qui chope la crève dans la région et c'est la Saint-Barthélemy des malfrats.

9. Indic (argot).

Cette dernière réflexion sortit le commissaire de ses mauvaises pensées. Intérieurement, il jubilait. Seul son œil droit frétillait de joie. Il se crut obligé d'ajouter :

— Parle pas de malheur. Tu nous vois avec une guerre des clans sur le dos ?

— C'est sûr, ça ne serait pas beau à voir. Et puis le boulot…

— Comme tu dis. Non, pour moi, ils vont se tenir à carreau, bien sages. Eux aussi savent qu'une mauvaise paix vaut une bonne guerre.

Marty ne pensait pas une seconde ce qu'il disait. Il savait que bientôt son pétard arrosé au pastis allait déclencher un beau brasier dont il ne resterait pas grand-chose. Ce genre d'empire de type mafieux ne tombait jamais vraiment. À peine décapité, des successeurs aux dents longues se pressaient pour reprendre l'affaire. Mais voir s'affronter ces deux dinosaures du crime, qui depuis plus de quinze ans lui pourrissaient l'air en toute impunité, restait tout de même une grande joie en perspective.

Comme Maillard quittait la pièce, il s'alluma une Gitane et sourit en voyant le gros panache gris s'envoler. Il n'aurait plus très longtemps à attendre.

*

Hendaye

Avec un nom pareil, Ioannis Criticos Evangelos se faisait appeler le Grec. Mais pour être précis, en vérité, il était natif de Chypre. Après avoir combattu l'armée turque qui avait envahi son île natale, il était devenu mercenaire en Afrique. Ayant connu la misère comme soldat de fortune, il s'engagea sur un cargo grec en partance pour l'Argentine. Jamais il ne vit les côtes sud-américaines, car le navire sur lequel il servait fut cloué au port de Bayonne, victime d'une avarie. Peu scrupuleux, l'armateur abandonna le bateau et son équipage à leur sort, sans solde ni approvisionnement. On peut dire que la mouise continuait à s'accrocher aux basques de l'infortuné Ioannis. Mais, il ne sera pas dit que le destin, parfois retors, ne sourit pas à ceux qui persistent.

Un soir, las de manger du maquereau en boîte à tous les repas, Criticos s'était fait la belle. À peine débarqué, il se rendit dans le quartier du Petit Bayonne. Une connaissance de l'un de ses cousins dockers lui avait indiqué où trouver du travail. Maniant le calibre avec dextérité, il avait signé alors son premier contrat de porte-flingue dans l'arrière-salle d'un bar de la rue de Coursic, pour la société d'import-export d'Olazagasti. Plus tard, ayant passé avec succès l'épreuve initiatique de l'apéro qui détruit, il monta en grade dans l'organisation et s'occupa de la protection des convois pour Paris. Malheur alors à ceux qui contestaient les prix de vente définis par le Basque. Une giclée de plomb remettait tout le monde d'accord. Un commercial dans l'âme, le Grec ! Ayant donc trouvé sa vocation, il s'établit au Pays basque, à Hendaye. Ah, Hendaye, porte radieuse entre la France et l'Espagne ! Sa plage magnifique, ses falaises tombant dans l'océan, ses restaurants de fruits de mer et son pont, passage obligé pour les camions remplis de résine qui rend feignant et autres alcools de contrebande.

En homme de mer, Ioannis avait choisi de loger dans un petit immeuble donnant sur la baie de Chingoudy avec vue sur Fontarrabie, la Bidassoa et le Jaizkibel. Le soir, il n'était pas rare de le voir sur son balcon siroter son ouzo en écoutant un air de sirtaki. Beñat avait pu le constater, car il avait passé toute la journée à observer les allées et venues du Grec. Grâce aux indications inscrites sur la liste du commissaire, il avait repéré sans difficulté sa future cible. Patiemment, il attendait dans sa 2 pattes que la nuit tombe pour agir. Cette fois-ci, il désirait changer de méthode. Finies les explosions bruyantes et les bastos de Mauser dans le foie. Non, pour ce coup, il désirait innover, un peu comme un artiste qui doit se renouveler et se remettre en question.

Il regarda sa montre et constata qu'il était 21 heures. L'immeuble était plongé dans l'obscurité. Avec satisfaction il avait appris lors de son repérage que beaucoup d'appartements étaient vides en cette saison. Il saisit le sac posé sur le siège côté passager et sortit de son véhicule. Rien ne bougeait dans le quartier à part le vent marin qui rôdait. Rapidement, Beñat se fondit dans l'entrée de l'immeuble. Là, il fit une pause, attentif au moindre bruit. Son cœur battait le fandango dans sa poitrine. Il devait reprendre son souffle et attendre que son palpitant se calme un peu. Le Grec logeait au troisième étage. À pas de loup, le boutiquier s'engagea dans l'escalier. Aucun bruit. Aucun son ne filtrait des portes devant lesquelles il passait. Le scénario idéal !

Arrivé devant celle de sa future victime, enfin *du fumier qui avait participé à l'assassinat de son frère*, il s'arrêta de nouveau et colla son oreille à la porte. Il n'entendit qu'une seule chose, le son du pick-up qui diffusait de la musique. Il savait ce que ça voulait dire. Criticos était en train de déguster son ouzo sur le balcon au son de la BO de *Zorba le Grec*. Il pouvait même l'entendre fredonner le refrain, de sa grosse voix éraillée. Pour autant, il ne devait pas traîner mais se mettre tout de suite à l'ouvrage.

Le scénario de sa prochaine exécution lui était venu en regardant un reportage sur les États-Unis à la télé. Sans perdre une seconde, il ouvrit son sac, en retira un tournevis, avisa l'applique sur sa gauche et commença à en retirer le globe de verre qui protégeait l'ampoule. Il la dévissa et commença à s'affairer, éclairé d'une lampe torche qu'il serrait entre ses dents. En bricoleur avisé, il ne mit pas longtemps à réaliser la manipulation désirée. Ne restait plus qu'à finaliser le tout. Il retira de son sac une bouteille remplie d'eau et en déversa le contenu sous la porte à l'aide d'un entonnoir. S'assurant que le câble électrique était bien relié entre la poignée de cuivre et l'applique, il frappa à la porte une première fois. Comme rien ne bougeait, il recommença et cette fois-ci, la musique s'arrêta. Le dénouement était proche. Comme le Grec s'approchait de l'huis, Beñat posa son doigt sur le bouton de la minuterie.

— Oui, qu'est-ce qu'il y a ? grogna Ioannis.

— J'ai un message de la part de monsieur Olazagasti. À vous remettre en main propre.

— C'est bon, je vous ouvre.

À peine avait-il posé la main sur la poignée de la porte que l'armurier appuya sur le bouton de la minuterie en hurlant :

— Prends ça, salaud, c'est pour Martin, abattu devant le Lyonnais !

Un grésillement sinistre se fit entendre, accompagné d'un abominable hurlement de douleur. La lumière dans l'escalier baissa deux fois d'intensité et quand Beñat entendit le choc du corps tombant sur le carrelage, elle s'éteignit définitivement. Ioannis avait pété les plombs. Définitivement. Pour s'en assurer, il colla son oreille à la porte et n'entendit rien. La fée électricité avait fait son œuvre. Avec méthode, il remballa le matériel de bricolo éclairé dans son sac et s'engagea ravi dans l'obscurité de la cage d'escalier. Encore un fumier de moins sur la liste, pensa-t-il avec jubilation. Les scrupules et les remords ne faisaient pas partie de sa mission vengeresse.

18

Commissariat de Bayonne

Mais qu'est-ce qui est passé par la tête de cet abruti d'Èlissalde ? réfléchissait le commissaire avec colère. Il tirait nerveusement sur sa Gitane. Ça rimait à quoi ce cirque ? Tenter d'électrocuter le Grec ? Il fallait être complètement con pour agir ainsi. *Le gars est armurier, il a tout un arsenal sous la main, et il ne trouve pas mieux que de jouer au petit électricien amateur !*

Maillard était vissé sur le fauteuil devant lui. L'inspecteur ajouta :

— C'est la femme de ménage qui l'a trouvé étendu devant la porte d'entrée au milieu d'une flaque d'eau. Son pouls était bas, mais il vivait encore. Elle a aussitôt appelé les secours qui l'ont emmené aux urgences à Saint-Léon. Les gars du labo ont compris comment c'est arrivé.

— Raconte ! coupa Marty agacé.

— Eh bien, d'après leurs constatations, quelqu'un a bricolé la lampe de la minuterie en la reliant à la poignée de la porte du Grec. Un bon paquet de flotte a été déversé en dessous et quand Criticos a saisi la poignée, ça a été Noël avant l'heure. Du 220, y a de quoi danser ! Mais bon, faut croire que pour un dur à cuire comme lui, ça ne suffisait pas.

— Et il va s'en sortir ?

— D'après les médecins, oui. Dites-moi, patron, vous ne trouvez pas curieux ce mode opératoire ? Non parce que pour un règlement de comptes, un vidage de chargeur en règle à travers la porte aurait été plus efficace, non ?

— Je ne te le fais pas dire, maugréa le commissaire. Le gars s'est compliqué la tâche.

— Et puis, c'est pas le genre des gars du coin.

— Ah parce qu'il faut un genre maintenant pour dessouder du truand ?

— Non, mais qui peut avoir une idée aussi tordue pour faire un truc pareil ? J'ai beau chercher, je ne trouve pas.

— Regarde du côté des agents d'EDF, on ne sait jamais.

Maillard sourit à la remarque acide de son supérieur.

— Bon, je vais aller voir si notre bonhomme est revenu de son trip électrique.

— Pour quoi faire ? s'inquiéta Marty.

— Pour voir s'il n'a pas quelque chose à nous apprendre sur son agresseur.

Le commissaire fit mine de réfléchir et lâcha d'un coup :

— Je t'accompagne. Je suis curieux d'en savoir un peu plus.

— Ah bon ? C'est vous qui voyez.

Marty écrasa nerveusement sa cigarette dans le cendrier déjà plein et se leva. Le visage fermé à double tour, il emboîta le pas de l'inspecteur.

*

Beñat ne décolérait pas. Non seulement le Grec était toujours vivant, mais en plus le journaliste de *Sud Ouest* ironisait sur cette affaire, allant même à se demander si tout cela n'était pas juste une mauvaise farce qui aurait mal tourné.

Le boutiquier se sentait blessé, vexé même, que l'on compare ce qu'il considérait comme un chef-d'œuvre à une blague. Et puis, il ne comprenait pas comment Criticos avait bien pu survivre. La poignée en cuivre avait presque fondu et il avait bien entendu le corps s'effondrer comme une masse derrière la porte. Et après, plus rien ; pas même un souffle. À cet instant, il se jura que la prochaine fois, il ne finasserait plus. Finie l'originalité, plus de fioritures ! Retour aux méthodes avérées et vérifiées. Comme avec Rodriguez, au calibre made in Germany ! Jamais son Mauser ne l'avait trahi.

Furieux, il reprit le canard en main et finit le petit

article dans la colonne des faits divers. « *La victime se trouve en soins à l'hôpital Saint-Léon…* »

— M'en vais lui en donner, moi, des soins à ce fumier, maugréa Beñat en posant son regard furieux sur le Mauser. Hein Hans, on ne va pas le rater cette fois-ci.

*

Biarritz

— Qu'est-ce que vous en pensez, maître, de toute cette histoire ?

L'avocat esquissa une moue dubitative. Pour dire vrai, il n'en pensait pas grand-chose. Quelle conclusion pouvait-on tirer d'un gars qui se fait griller derrière sa porte ?

— J'avoue que cette histoire me laisse perplexe, se contenta-t-il de répondre.

Olazagasti tira une grande bouffée sur son cigare et expulsa aussitôt la fumée grise.

— Vous croyez que c'est un coup du Bordelais ? demanda-t-il sans trop y croire.

— Ça m'étonnerait. Pourquoi s'embêter à trafiquer une porte alors qu'il est si simple de tirer au travers.

— Moi, en tout cas, c'est comme ça que j'aurais fait. J'ai jamais été très bricoleur, et puis je suis assez traditionaliste côté élimination. Je crois pouvoir dire sans me tromper que le Bordelais est à cheval sur les traditions lui aussi. Donc… Ah, je ne sais plus !

— À propos du Bordelais, j'ai appris qu'il s'est installé dans sa résidence landaise pas loin d'Hossegor.

— Ah bon ? Pourtant, c'est pas la belle saison.

Cette information troubla le Basque qui ne savait trop quoi en faire.

— Il ne serait pas en train de se rapprocher de chez nous, comme ça, mine de rien ? Je suppose qu'il n'est pas venu seul ?

— Non. D'après mes informateurs, il est descendu avec la plupart de ses gros bras. Les plus féroces.

— Il prépare un mauvais coup, c'est sûr. Il ne faut surtout pas se laisser surprendre. Dites à vos indics de ne pas les lâcher d'une semelle, lui et ses hommes. De mon côté, je mets tout le monde en alerte maximum. Dans ce contexte, je me demande si le Grec n'est pas la première victime de son plan. Il tenterait comme ça, en douce, de tester nos réactions.

— Oui, c'est pas idiot. Au lieu de flinguer à tout va, il nous dégomme Criticos de telle façon qu'on ne peut pas le soupçonner et observe notre réaction. Oui, c'est une éventualité à ne pas exclure.

Les deux truands se perdaient dans leurs réflexions. Olazagasti tirait sur son cubain, les yeux au plafond alors que Courtois caressait l'arête de son nez aquilin. D'un coup, le Basque reprit la parole :

— Dans ce cas-là, je ne peux pas rester sans rien faire. De quoi vais-je avoir l'air sinon ?

— Oui, mais si le Bordelais n'y est pour rien…

— Dans la Coloniale, on disait toujours : dans le doute, tu flingues ! C'est un adage qui a déjà fait ses preuves. J'ai bien envie de lui dessouder un de ses hommes, histoire de voir.

— Attention que ça n'aille pas trop loin quand même. On flingue, on flingue et après on ne sait pas où tout ça peut nous conduire.

— Je vais envoyer Etchegaray dans les Landes pour voir ce qu'il peut faire. Je vais lui filer un Walther G43 avec sa lunette sniper ZF4, il n'est pas maladroit avec ce genre de flingue. Il bute une gâchette du Bordelais, comme ça en loucedé à deux ou trois cents mètres et ensuite, ni vu ni connu, il retourne au bercail. On va bien voir la réaction de Vidal. S'il est impliqué dans l'attentat du Grec, il comprendra le message et sinon… Il devra se trouver un nouveau porte-flingue. C'est imparable !

*

La chambre où se trouvait alité Criticos ne respirait pas la joie ni la bonne humeur. Dans le genre glauque, on pouvait difficilement faire mieux. La lumière poussive du néon n'arrangeait rien à l'affaire. Le Grec gisait dans un lit étroit aux barreaux de fer, histoire sans doute de lui rappeler ses passages en centrale. Les deux policiers avaient eu le droit de lui rendre visite à condition de ne pas le fatiguer. À le voir comater, ça paraissait mal engagé. Le commissaire racla bien fort le fond de sa gorge. Comme il n'y eut aucune réaction, il recommença.

— Le toubib nous a dit qu'il était sous sédatif, précisa Maillard.

— Autant interroger un cadavre alors.

Les mains dans les poches de son pardessus, il balança un coup de pied dans le châssis du lit. L'inspecteur le regarda avec stupéfaction.

— Ben quoi ? On est venu pour l'interroger ou non ? Tiens regarde, il se réveille.

Sous une paupière entrouverte, on devinait un œil à la vie incertaine.

— Monsieur Criticos, tenta Maillard en se rapprochant de lui, nous sommes de la police...

Même ce mot, qui d'ordinaire fait réagir n'importe quel truand, n'eut pas d'effet notoire. Dans le dos de l'inspecteur, le commissaire souriait.

— Savez-vous quelque chose sur votre agression ? reprit le policier.

— É-lec-tricité... arriva à peine à articuler le Grec.

— Tu parles d'une information, ironisa Marty.

Sans se démonter, Maillard poursuivit :

— Oui, c'est ça. Mais, savez-vous qui a bien pu faire ça ?

Il marqua un temps d'arrêt avant qu'un son ne puisse sortir de sa bouche ouverte. Avec difficulté, il ânonna quelques syllabes :

— Le... y-on nais...

Puis, il se rendormit.

— Monsieur Criticos ? essaya l'inspecteur sans succès.

— Bah, laisse tomber. Il est reparti au pays des pommes. Ce gars-là ne t'apprendra rien de plus.

— Le *yonnais*, qu'est-ce que ça veut dire ? se demanda Maillard en esquissant une moue dubitative. Peut-être le Lyonnais ?

— Un autre truand sans doute, lui répondit Marty sur le même ton.

— Oui, ça doit être ça. Je vais faire des recherches.

— Oui, enfin, ne rêve pas trop. Perso, je ne connais aucun Lyonnais dans mes relations. Mais on ne sait jamais, dans le fichier central... Bon, on y va, j'ai envie de m'en cramer une.

Déjà, il sortait de sa poche le paquet bleu de Gitanes et se dirigeait vers la porte. Maillard jeta un dernier regard sur le Grec et finit par suivre son supérieur. Une fois dans le couloir, sans se retourner Marty lui lança :

— Je t'avais dit que ça ne donnerait rien. En plus, moi, j'ai entendu le Violet.

— Ah bon ?

— Oui, eh bien n'hésite pas à élargir tes recherches du côté des évêques, on ne sait jamais.

L'ironie du commissaire n'échappa pas à l'inspecteur. C'est vrai qu'à bien y réfléchir la déclaration de Criticos n'était pas d'une clarté évidente. À tout hasard, il chercherait dans les deux voies. Le Violet ? se répéta-t-il avec scepticisme.

19

Hôpital Saint-Léon, 18 h

Beñat avait réussi à se faufiler dans l'aile réservée aux soins intensifs. Serré dans son imper, il passait inaperçu dans le dédale à peine éclairé des couloirs. Il croisait des infirmières pressées et des docteurs en pleine discussion, mais personne ne se préoccupa de sa présence. Au fond, avec un physique et une dégaine pareille, le boutiquier passait inaperçu partout où il allait. Dire que c'était une bonne chose serait rendre un peu trop vite hommage à Dame Nature parfois vacharde. Toujours est-il que dans sa mission de vengeance, Beñat en appréciait les maigres avantages. Son air triste d'épagneul aurait pu parfaitement le confondre, aux yeux du rare personnel qu'il croisait, avec un parent dans la peine. Mais la seule peine qu'il éprouvait était celle de trouver la chambre du Grec. Le hasard faisant parfois bien les choses, il saisit à la volée une conversation entre deux infirmières :

— Comment se porte l'électrocuté de la chambre 26 ?

— Il dort. Avec ce qu'il a reçu…

— Il a pété les plombs, c'est ça ?

— Michèle !

— Oh, on peut bien rire, non ?

Même Beñat esquissa un sourire. Ce qui l'enthousiasma le plus, c'était qu'il avait réussi à localiser Criticos.

Quand il pénétra dans la chambre, il referma la porte derrière lui. À cette heure, la pénombre était presque totale. Dehors, une pluie glaciale se fracassait contre la vitre. Beñat glissa la main droite dans son imper et saisit son flingue. Il commença à le sortir quand il se ravisa. Un calibre pareil faisait un tel boucan que tout l'hôpital allait l'entendre. Il s'approcha du Grec et attrapa un gros coussin. Au moment où il le plaqua sur le visage d'Ioannis, une petite lumière sur le côté attira son attention. Il découvrit que c'était un défibrillateur cardiaque. Toujours fâché par son échec précédent, il prit la décision de poursuivre dans la voie électrique. Le Beñat, il était comme ça, têtu et con. Il attrapa les poignées des deux électrodes, appuya sur le bouton MARCHE et attendit que l'engin se mette en charge totale. Il plaqua avec soin les deux extrémités sur les tempes du Grec et envoya la sauce. Le malheureux Criticos se raidit d'un coup, grimaçant comme un diable au paradis et s'affala après quelques secondes de ce supplice. Cette fois-ci, il ne bougeait plus. Beñat lui lança un regard méprisant et soulagé. Il leva la tête au plafond pour rendre hommage à son frère et eut aussi une pensée pour Edison sans qui cette application stricte de sa justice n'aurait pas eu lieu.

Il ne devait pas traîner pour autant. Le temps des commémorations était passé, celui de la retraite furtive commençait. Avec application, il effaça ses empreintes sur le défibrillateur et la poignée de la porte avant de regagner le couloir désert. À peine avait-il fait quelques pas qu'une voix dans son dos l'interpella. Son cœur monta d'un étage et son front s'humecta d'une sueur glacée.

— Monsieur…

Avec une lenteur qu'il ne maîtrisa pas, il se retourna et se trouva face à une infirmière à la stature imposante et au visage sévère.

— L'heure des visites est terminée. Vous devez rejoindre la sortie au plus vite.

— D'accord, bredouilla Beñat.

— Pas par-là, monsieur, par ici.

Elle lui indiquait d'un signe vif de la main le sens inverse duquel il s'était engagé. Penaud, la tête baissée et sans un mot, il croisa l'infirmière qui le toisait du regard. Il repassa devant la chambre 26 et n'osa pas lui porter un regard. Il ne se retourna pas davantage comme s'il sentait peser dans son dos toute la suspicion de celle qui l'avait apostrophé avec tant d'autorité.

Il enfila le reste des couloirs les yeux rivés sur le lino, pris par une angoisse insupportable. En passant la dernière porte, celle qui donnait au-dehors, il bloqua sa respiration et se fondit dans la nuit sous la pluie. Il fallait au plus vite rejoindre sa deuche et retourner chez lui. Il tremblait et ne savait pas si la cause était l'eau glacée qui dégringolait dans son cou ou le regard sévère de l'infirmière qui l'avait apostrophé avec vigueur. Saurait-elle le reconnaître plus tard ? Cette seule question déclencha en lui un frisson qui le traversa de part en part. Il avait avancé dans sa vengeance, mais cette fois-ci, l'enthousiasme n'y était plus vraiment. À la place, la peur le rongeait.

20

Entre Hossegor et Dax

— Alors, l'Intello, elle n'est pas bien ma cabane champêtre ?

C'est avec une joie non dissimulée que le Bordelais faisait visiter sa propriété landaise. Cette ancienne ferme complètement rénovée se situait au milieu de la campagne entre bois et prés. Avec ses poutres apparentes et ses murs blancs, elle possédait un caractère certain.

— Un peu plus loin, j'ai des chevaux. C'est pas que je raffole du *Broutin*, mais le canasson ça en impose, ça fait rupin. Là-bas, j'ai aussi quelques vaches pour la course. J'aurais préféré des taureaux, mais bon. Il y a même une piscine. Pas mal comme poste avancé, qu'est-ce que t'en penses ?

L'Intello ne répondit pas tout de suite comme s'il estimait du regard tout ce qui l'entourait.

— C'est bucolique, voire même agricole, plutôt chouette. Mais d'un point de vue défensif, il y aurait à redire.

— Poursuis.

— La nature, la forêt, les animaux, c'est bien joli, mais il me semble que tout ça manque de défense.

— Et c'est là que tu te trompes. Tout le dernier cercle est clos de murs et je ne te parle pas de murs montés à la va-vite, en briques creuses, non ici c'est de la pierre, une véritable muraille de plus de deux mètres de hauteur. Le portail est gardé par deux hommes à moi, des tigres, des féroces qui préféreront se faire abattre plutôt que d'abandonner leur poste. J'en ai dix comme ça dans les bois qui patrouillent. Ah, il peut venir le Basque avec ses danseurs de fandango, je l'attends. J'en suis même à espérer sa venue.

— Et vous comptez vous terrer comme ça longtemps ?

— Qui parle de se terrer ? Au moindre mouvement de l'ennemi, je passe l'Adour et je rase tout. J'ai déjà une liste de cibles sous le coude. Au moindre glissement d'espadrilles, j'envahis. Tiens, attends que je te fasse visiter l'intérieur. J'ai tout fait aménager. Confort dernier cri. J'ai même fait venir un décorateur de Paname. Ça m'a coûté un bras, mais ça valait le coup. Entre, je t'offre un verre.

Alors que Vidal poussait la porte, une détonation se fit entendre un peu plus loin dans les bois.

— C’était quoi ça ?

— On aurait dit un coup de feu. Du gros calibre apparemment…

Loin d’être inquiet, le Bordelais partit d’un ricanement.

— C’est encore un de ces abrutis qui a tiré un chevreuil ou un sanglier. Non, parce qu’il faut que je te dise, ça pullule de gibier dans le coin. Mais bon, je ne paye pas ces cons pour chasser.

Alors qu’ils s’apprêtaient à entrer, un homme arriva en courant. Il semblait affolé. Il sortait de la forêt et agitait sa main. Arrivé près de son patron, il tâcha de reprendre son souffle.

— Et alors, qu’est-ce qu’il y a ? aboya Vidal.

— C’est Marco, patron, il vient de se faire descendre. Une balle en plein front !

— Quoi ? s’étrangla le Bordelais.

— Il patrouillait comme vous nous l’avez demandé. Il y a eu ce coup de feu et quand on est arrivé, il était là, raide, allongé, une bastos entre les deux yeux.

— Mais bon sang, faites une battue et retrouvez-moi l’empaffé qui s’est permis !

En disant ça, il sortait un calibre de son holster. Il allait suivre son homme, quand l’Intello l’arrêta de la main.

— Vous feriez mieux de rester à l’intérieur, patron. Le tireur est peut-être toujours embusqué, et avec une lunette…

Vidal parut réfléchir. Il jeta un coup d'œil aux bois qui s'étendaient au-delà de la surface gazonnée entourant la maison et tourna son visage contrarié vers son homme de confiance.

— Tu as raison. Tout ça n'est peut-être qu'une manœuvre pour m'attirer là-bas. Rentrons. Ah le fumier ! Il va me le payer !

Dans le grand séjour, le Bordelais saisit une bouteille de scotch et s'en servit un grand verre. Il en but une bonne partie et toisa l'Intello.

— Me faire ça chez moi, me dégommer du personnel, comme ça, en plein armistice ! Je vais lui apprendre l'art de la guerre, moi. Il me cherche, il va me trouver. Finis les négociations courtoises, les salamalecs feutrés, il est temps pour des représailles sauvages ! Ça va charcler, tu peux me croire ! Il va le regretter, le Basque avec ses grands airs !

Il attrapa la bouteille de single malt et remplit à nouveau son verre. Il but une longue rasade, grimaça et s'avança vers la grande fenêtre qui donnait sur le jardin.

— Et alors ? grogna-t-il furieux, j'entends rien. Qu'est-ce qui se passe ? Ça devrait canarder à tout va !

— Le terrain n'est pas propice à la contre-offensive, avança l'Intello avec plus de calme. Des taillis, des buissons, des arbres… On pourrait perdre une armée entière là-dedans.

— À propos d'armée, tu vas me faire venir tous

mes hommes ici, et si ça suffit pas, tu en embauches.

— D'accord, patron.

Un peu plus loin, Etchegaray monté sur les épaules de Trois doigts, dégageait son fusil de l'arrondi du mur. D'un bond, il sauta à terre.

— Mon vieux, si tu les voyais s'agiter dans tous les sens. De vrais canards sans tête !

Il partit d'un rire gras tout en rangeant l'arme dans son étui. Puis avec décontraction, il ajouta :

— Bon allez, inutile de traîner. Grimpe dans la charrette, on y va. Je crois que sur ce coup, le patron va être content. Quel carton !

La BMW démarra sur les chapeaux de roue et s'engagea à vive allure sur la petite départementale.

*

Le Bordelais ne décolérait pas. Non seulement on lui avait abattu un homme chez lui, mais en plus, on n'avait pas mis la main sur celui qui s'était permis. À présent, tout paraissait clair. L'attentat de Tarnos et l'attaque de ce matin, tout était lié et portait la signature d'Olazagasti. La guerre était déclarée. Devant une partie de ses gars rassemblés dans le salon, Vidal détaillait ses plans d'attaque.

— Qui connaît le port de Bayonne parmi vous ?

— Moi, patron. Pendant une période, j'ai été docker là-bas, alors vous pensez.

— Parfait. J'ai appris que l'un des cargos du Basque revenait de Casablanca. Alors toi, tu prends deux hommes, une mine, et vous allez me plomber ce rafiot.

— On procède comment? demanda l'un des truands.

— Approche furtive à la rame, sur un Zodiac vers trois heures du mat, l'un d'entre vous plonge et me colle la mine sous la ligne de flottaison.

— Euh, elle a un minuteur votre mine?

— Bien entendu, abruti! Vous me réglez tout ça sur 30 minutes, le temps de vous permettre d'accoster assez loin pour ne pas être inquiétés. C'est compris?

— Oui patron, on va faire comme ça. Je vais prendre Tony, c'est un ancien nageur de la Marine, il va vous faire ça aux petits oignons.

— D'accord! L'Intello, fais-le venir au plus vite avec le matos. Je ne veux pas que ça traîne et que le Basque se fasse des idées sur notre capacité de réaction.

21

Bayonne, café du Centre, le lendemain

Maillard se tenait attablé devant un double café. Sans grande conviction, il y trempait le bout de son croissant. La nuit avait été courte et en grande partie passée au commissariat. Plus il pensait aux derniers événements, plus il se sentait perdu. Ces assassinats, cette guerre des gangs qui se profilait entre les deux parrains aquitains, quelque chose ne cadrait pas. Quoi ? Il n'en savait rien.

Il portait la tasse à ses lèvres, quand une voix dans son dos le fit sursauter :

— Ah ben bravo, il faut que j'ouvre les canards pour savoir ce qui s'est passé cette nuit.

L'inspecteur se retourna et trouva sans surprise son supérieur debout devant lui.

— Fais gaffe, tu as du café qui dégouline sur le menton.

Déglutissant avec peine, Maillard finit par répondre :

— Je vous ai appelé, patron, mais vous m'avez…

— Envoyé balader ? C'est ça ?

— Ben, j'aurais pas employé ce terme, mais c'est un peu l'idée.

— Ce sont ces fichus médocs pour dormir que m'a refilés le docteur. C'est plus du coma que du sommeil. Bon, enfin c'est quoi cette histoire concernant le Grec ?

Marty attrapa une chaise, s'assit et commanda également un café. Aussitôt, il s'alluma une Gitane qui refila la nausée à l'inspecteur.

— C'est l'infirmière de garde qui nous a prévenus. Criticos a été de nouveau victime d'une attaque.

— Dans le journal, c'est pas très précis. Que s'est-il passé au juste ?

— Notre petit électricien a remis ça, mais avec le défibrillateur qui se trouvait dans la chambre. Il a apparemment mis la tension maximale et relâché le tout au niveau des tempes.

— Oh le con ! grimaça le commissaire.

— Oui et un truc pareil aurait dû tuer le Grec. Faut croire que ce type a raté sa vocation de paratonnerre. Il est toujours vivant, mais bon, pas dans une super forme. Pour l'interrogatoire, il va falloir que j'attende. J'ai quand même mis un planton devant sa chambre, des fois que l'électricien maboul remettrait ça.

— Et tes recherches ?

— Sur le Lyonnais ? Rien, que dalle ! Le seul truand qui porte ce surnom est à la Santé depuis trois ans. Quant à *Violet*, j'aime autant vous dire que ça n'a rien donné non plus.

— Bah, tout ça, c'est du règlement de comptes entre gens du milieu.

— Oui, c'est curieux tout de même. D'abord Rodriguez, ensuite les quatre de Tarnos et maintenant le Grec.

— Et alors ? enchaîna le commissaire d'un air distrait.

— Eh bien, ça donne, un gars de chez Olazagasti, quatre de chez le Bordelais et à nouveau un autre chez le Basque. Ah et puis, il y a un gars de Vidal qui s'est fait dessouder hier dans sa propriété des Landes. Une balle de 7,92 en plein front. Les gendarmes sont sur le coup.

— C'est bien ce que je disais au début, ces deux-là nous préparent une guerre. Alors là, permets-moi de te dire que des nuits blanches nous attendent. Ça va tomber comme une pluie de printemps.

— Poétique... Mais il y a un truc qui ne cadre pas trop. J'ai étudié le dossier cette nuit et aussi contacté quelques indics du coin. Quel intérêt auraient ces deux dinosaures à se faire la guerre ? Ils ont chacun un territoire assez vaste et riche pour ne pas se marcher dessus.

— Oh tu sais, ce genre de gars n'en a jamais assez. En plus, ils ne peuvent pas se blairer.

— D'accord, admettons... Seulement tous les doulos[10] que j'ai contactés sont formels, sur ces coups ni le Bordelais ni le Basque n'y sont pour quelque chose. Alors qui ?

— Va savoir... J'aurais bien une petite idée, mais bon.

— Dites toujours.

Le commissaire tira une dernière taffe sur sa Gitane et l'écrasa dans le cendrier devant lui. Puis, dans un soupir il lâcha :

— Mendiola.

— Mendiola ? Qui c'est celui-là ?

— C'est vrai que tu es nouveau dans le coin. Mendiola, c'est un jeune de la cité du BAB. Il a monté une bande de bras cassés autour de lui. Son activité principale c'est le deal de shit qu'il fait venir du Rif marocain par bagnole.

— Et Olazagasti laisse faire ?

— Ces gars-là ne représentent pas grand-chose comparés à lui. Des bricoleurs. Mais des vénéneux quand même. Ce sont des violents et à la moindre contrariété, ils n'hésitent pas à dézinguer à tout va. Combien de fois on a retrouvé des corps de mauvais payeurs atrocement torturés dans le coffre de voitures volées ? Ces types n'ont aucune moralité, aucun scrupule, c'est la nouvelle génération. La violence et la peur sont leurs seules règles. Mendiola dirige tous

10. Indic (argot).

ces détraqués et c'est un véritable psychopathe qui marche à je ne sais quelle dope. Je peux te dire que dans leur quartier, personne ne moufte.

— Et vous n'avez jamais pu le serrer ?

— Si bien sûr. Mais bon, la possession de quelques grammes d'herbe aromatique sur soi n'est pas réellement punie en France.

— Oui, mais pour le reste ?

— Pas vu pas pris. Et puis, avec ce genre de particuliers, les témoins ne se pressent pas trop à confesse.

— D'accord et en quoi pourrait-il être impliqué dans ces assassinats ?

— Oh, c'est assez simple. En définitive, Mendiola ne gère qu'un tout petit secteur et il doit commencer à s'y sentir un peu à l'étroit. Quand il regarde comment se gave Olazagasti, ça doit lui donner des idées d'expansion. Comme il ne peut s'attaquer de front à son concurrent direct, il le fait par procuration.

— D'accord, je commence à piger. Il dégomme une fois à droite et une autre fois à gauche et attend que les deux requins se bouffent entre eux.

— C'est en effet une éventualité.

— Vous savez quoi, je vais aller rendre une petite visite à ce Mendiola.

— T'es ouf ou quoi ? Ce gars-là est un vrai malade, et ses hommes ne valent pas mieux. Ils vont te découper en rondelles avant que tu ne poses ta première question.

Maillard sourit comme s'il se moquait de l'avertissement de son aîné. Il se leva et déclara avec assurance :

— Et où puis-je trouver ce gentleman ?

— Il traîne la plupart du temps dans son QG, un rade pas très chicos du côté d'Anglet, le Neptune.

— Merci, patron. Je vous tiens au courant.

— Et moi, je préviens le Samu de se tenir prêt.

— C'est ça !

Maillard n'ajouta rien de plus, enfila son manteau et quitta la brasserie. Marty le regarda. Il n'était pas mécontent d'avoir détourné son attention. Puisque la guerre entre Olazagasti et Vidal ne paraissait pas plausible, celle déclenchée par Mendiola restait une option valable. Maillard était un bon flic et il allait creuser un peu plus. Ce dossier pouvait déboucher sur une piste et faire capoter tout son plan. Il repensa à Élissalde et secoua la tête de dépit. Celui-là, c'était un champion toutes catégories. Il but son café d'un trait, abandonna quelques pièces sur la table et quitta le bar à son tour. En y réfléchissant, il éprouva des scrupules à avoir aiguillé Maillard sur Mendiola. Avec un malade pareil, sa vie se trouvait réellement en danger. En arrivant au commissariat, il demanda qu'une patrouille se positionne non loin du Neptune, histoire de couvrir le jeune inspecteur en cas de coup dur.

22

Anglet, le Neptune

Maillard gara son Alfa au bout de la rue où se situait le Neptune. En descendant du coupé sport, il avisa le bar durant quelques secondes. Des mobylettes et des motos stationnaient devant le trottoir qui servait de mini-terrasse au troquet. Une rumeur s'en échappait. En se rapprochant, il entendit plus distinctement des cris et des rires, le tout couvert par la voix de Johnny Hallyday qui hurlait qu'il aimait quelqu'un.

Avant de pousser la porte, Maillard prit une profonde inspiration. Une fois dans l'arène, le policier fit un rapide inventaire de la faune présente. Deux loulous affublés de l'incontournable perfecto noir secouaient un malheureux flipper en jurant comme des diables en confession. Un peu plus loin, d'autres tapaient le carton autour d'une table. On était loin de l'univers de Pagnol, mais il s'agissait bien de belote. Tous les regards se portèrent vers le nouveau venu. Qui était ce gars sapé comme un minet ? Un étudiant égaré ? Un démarcheur d'assurance, ou, pire, un poulet ? Ces questions traversèrent l'esprit de tous ces gars qui formaient une grande partie du clan de Mendiola. Ceux accoudés au comptoir ne paraissaient pas plus aimables, mais qu'importait à Maillard, il était entré et il fallait maintenant aller jusqu'au bout. Au bout de quoi ? Il se le demanda. Il se fraya un passage entre deux balèzes et finit par atteindre le bar. Derrière, le barman tirait un demi et l'observait de son regard bovin. Il était plus âgé que sa clientèle, ce qui ne le rendait pas plus sympathique pour autant.

— Qu'est-ce qu'il veut ? demanda-t-il d'une voix éraillée.

Maillard ne se démonta pas et répondit sur le même ton :

— Voir Mendiola.

— Qui ?

— Mendiola, répéta-t-il, va lui dire que je désire lui parler.

Pour appuyer sa requête, il afficha ostensiblement sa carte de police. Tous les regards de la salle se firent plus pesants. Un poulet ! Et tout seul encore ! Ce gars-là devait être fatigué de vivre, ça ne pouvait pas être autre chose. Voilà en gros ce que se disaient les clients du rade.

Comme le préposé à la tireuse de bière ne bougeait pas, l'inspecteur ajouta avec autorité :

— Bon, j'ai pas toute la journée devant moi, alors tu bouges tes cent kilos et tu vas porter la demande.

Un peu surpris par le ton du policier, le barman ne moufta pas et se dirigea droit vers une autre salle.

Les deux voisins de Maillard l'encadraient de près avec un air goguenard, voire ironique.

— Ne m'en voulez pas les gars, mais pour ma tournée ça sera un autre jour, j'ai pas de monnaie sur moi et comme je ne tiens pas à planter une ardoise dans ce ravissant établissement…

Le barman revint. Accroché à son faciès porcin, on pouvait deviner un léger sourire.

— Alors ? insista le policier.

— Alors c'est non ! Maintenant dégage !

L'inspecteur esquissa une moue dubitative tout en secouant la tête de façon résignée. Puis il tourna les talons au grand amusement de tous. Après quelques pas, il prit sur sa droite et se dirigea sans détour vers l'autre salle. Personne n'eut le temps de réagir.

En entrant, Maillard découvrit une pièce plus petite que la principale. Aussi enfumée que sa grande sœur, elle comportait en son milieu une table de jeu. Autour, trois types jouaient au poker avec des billets de 500 et de 100 francs. L'inspecteur n'eut pas de mal à reconnaître Mendiola. Le gars était plutôt sec et son visage anguleux portait encore les marques d'une méchante varicelle enfantine. Ses longs cheveux blond filasse tombaient sur un blouson de cuir noir ouvert. Maillard fut troublé par ses yeux. D'un bleu métallique, ils fixaient l'intrus avec férocité et démence. Ce gars-là n'était pas clair, c'était certain. À quoi carburait-il ? Le policier se le demanda.

— Qui es-tu, toi ? railla-t-il avec une voix étonnamment grave.

Ses joues se creusèrent davantage.

— Inspecteur Maillard ! répondit-il sans se démonter.

— La belle affaire ! Et qu'est-ce qu'il veut l'inspecteur de mes deux ?

Les deux costauds présents ricanèrent.

— Si je vous dis Rodriguez ?

— Je vois pas ! Un Espagnol ?

— Et le Turc ? Et Criticos ?

— Ma parole, tu grattes au service de l'émigration ou quoi ?

À nouveau, les deux gros lourds se marrèrent en secouant leurs épaules.

— Bon, poursuivit Maillard sans se démonter, je vais faire simple, toi et tes petits copains vous trafiquez ce que vous pouvez dans votre coin à l'ombre des deux adultes que sont Olazagasti et le Bordelais. C'est sûr ils ne laissent pas beaucoup de place à des gars comme vous. Juste quelques miettes.

Maintenant, personne ne ricanait plus.

— Pour se faire de la place, les affronter de face, vous n'êtes pas au niveau. Par contre, si ces deux-là commençaient à se mettre dessus, là ça laisserait un peu plus d'espace. Tu vois ce que je veux dire ?

Mendiola grimaça en fusillant Maillard du regard. Il attendait la suite.

— Alors dans ta tête de gros malade, tu as commencé à flinguer à droite et à gauche, un coup dans chaque camp, histoire d'énerver les deux caïds, pour qu'au final ils se mettent dessus et se neutralisent. Voilà ce que je pense.

Contre toute attente, Mendiola applaudit lentement en inclinant deux fois sa tête.

— Bravo ! Quelle imagination ! Pas vrai, les gars ?

D'un coup, il effaça son sourire, avança son buste en avant et grimaça avant d'aboyer :

— Tu viens chez moi, m'insulter, pire m'accuser de meurtres ! Tu te prends pour qui ? Fous-moi le camp avant que je te fracasse à coups de bouteille !

La folie qui s'échappait de ses yeux fit frissonner Maillard. Il n'en montra rien et arriva même à soutenir son regard. Il ajouta crânement :

— Je ne vais plus te lâcher, Mendiola. En attendant, je te veux demain matin dans mon bureau. Allez, salut !

Il tourna le dos aux trois hommes déstabilisés par un tel comportement et quitta la pièce. Quand il traversa la salle, tous les regards pesaient sur lui. Nul ne parlait, à part bien sûr Johnny qui se lamentait toujours en hurlant *Que je t'aime !* Le cœur de Maillard battait à tout rompre. Il semblait n'être alimenté que par de l'adrénaline. Pourtant, personne ne bougea. Il se retrouva sur le trottoir, entier et surpris. Son étoile de shérif l'avait-elle protégé, ou bien était-ce sa détermination qui avait fait la différence ? Il ne voulut pas s'attarder sur ce genre de détails. Il pressa le pas vers sa GTV avec une seule idée : quitter le quartier au plus vite. Il repensa au regard de dingue que lui avait lancé Mendiola et frissonna à nouveau.

À peine avait-il posé la main sur le toit de son Alfa qu'une pogne l'agrippa par l'épaule. Avec une violence inouïe, elle le tira en arrière, tandis qu'un poing lui fracassa le plexus. Plié en deux, Maillard reçut en pleine face un genou qui fit craquer l'arête de son nez. Déjà les brumes du pays des rêves brouillaient sa vue. Une lame sortit, prête à porter l'estocade. Tenu vigoureusement en arrière par les bras, le policier ne pouvait rien faire. L'homme allait frapper quand une sirène deux tons retentit alors qu'une voiture noire déboulait à grande vitesse dans la rue. Pris de panique, les trois agresseurs détalèrent, laissant tomber au sol leur victime salement amochée. La Simca 1100 s'arrêta au niveau de Maillard et trois policiers en uniforme s'en éjectèrent arme au poing. Tandis que l'un d'eux pointait son calibre en direction des fuyards, les deux autres portèrent secours à leur confrère qui pissait le sang.

— On peut dire que vous tombez à pic, réussit-il à articuler.

— Vous pouvez remercier le commissaire, c'est lui qui nous a envoyés. Ne restons pas là, le quartier n'est pas très sain.

Avec ménagement, ils relevèrent l'inspecteur et l'installèrent dans la voiture. Une fois tous les occupants à bord, elle démarra en trombe, gyrophare et sirène allumés. Devant le Neptune, tous les clients étaient sur le trottoir, injuriant et hurlant leur manque de respect pour l'institution policière.

23

Commissariat de Bayonne

En apprenant comment son inspecteur s'était fait dérouiller, Marty entra dans une colère noire. L'époque avait bien changé. Ces nouveaux truands ne respectaient rien ni personne. Il pouvait bien organiser une descente au Neptune, mais il le savait, ça ne servirait à rien. Maillard était incapable de reconnaître ses agresseurs, tout avait été trop vite. Quant aux autres clients, à part quelques barrettes de shit et une ou deux mobylettes volées, il n'en tirerait pas davantage. Ce genre d'opération ne mènerait à rien. Seul dans son bureau, il enrageait. Il fallait se débarrasser des gros caïds comme Olazagasti ou le Bordelais, mais Mendiola et ses loulous à moitié défoncés ne représentaient-ils pas un danger encore plus grand pour la société ? Il s'alluma une Gitane et tira une longue taffe. Observant la fumée grise qui s'élevait vers le néon, il esquissa un sourire. Il attrapa le combiné du téléphone, actionna le cerceau et composa un numéro.

— Oui, passez-moi Hannibal… Comment ça quel Hannibal ? Le Lecteur bien sûr. Vous en connaissez beaucoup d'autres à part lui ? Eh ben voilà…

Marty tira un nouveau gaz sur sa Gitane en attendant son correspondant.

— Oui, qui tu sais. Rendez-vous au même endroit que la dernière fois dans une demi-heure. C'est ça !

Il raccrocha et acheva sa clope dans le cendrier. Il marmonna en grimaçant :

— Mendiola, mon pote, tu vas savoir ce qu'il en coûte de t'attaquer à un de mes inspecteurs. Tu vas prendre cher !

*

Fortifications de Bayonne

Quand Marty arriva dans le fossé, au pied des hauts murs de la citadelle, il distingua tout de suite une silhouette familière. Serré dans son manteau taupé à col de renard, l'homme lui fit un signe discret de la main. Sans presser le pas, le commissaire se rapprocha de lui. La quarantaine, grand et plutôt bien bâti, le Lecteur affichait une mine contrariée. De sa bouche sortaient de courts panaches de vapeur. En ce beau matin du mois de novembre, un froid piquant s'était installé sur tout le Pays basque.

— Vous savez que j'aime pas trop vous rencontrer en plein jour.

— Oui, mais là, ça urge. Viens, marchons un peu.

Côte à côte, les deux hommes commencèrent à déambuler à quelques mètres de l'imposante muraille.

— Vous savez que c'est Louis XIV qui a ordonné la construction de cette citadelle ? C'est Vauban en 1680 qui s'en chargea. Elle fait près de 480 mètres de côté et…

— Attends, je t'arrête tout de suite, je ne suis pas venu te voir pour avoir un cours d'histoire. Et puis d'abord, comment tu sais tout ça ?

— Bah, en taule, il n'y a pas trop d'occupation et comme je n'ai jamais été porté sur le travail manuel, j'ai choisi les bouquins. Par contre question choix, la Villa Chagrin c'est pas trop ça.

— D'accord, d'où ton surnom, le Lecteur.

— Voilà. Faut pas en vouloir aux gars, question imagination, ils sont plutôt limités, si vous voyez ce que je veux dire.

— Une dernière question : ton prénom là, Hannibal, ça vient d'où ?

— Mon père est né en Tunisie, et là-bas, le grand homme, après Bourguiba, c'est Hannibal, celui qui a foutu la pâtée aux Romains à la bataille de Cannes en 216 avant Jésus-Christ. Vous savez, à ce sujet que…

— Bon, on va arrêter là les commentaires historiques.

— Si c'est au sujet de Rodriguez et du Grec, j'aime

autant vous dire tout de suite que je sais que dalle ! Et personne en ville ne sait qui a fait le coup ; ni pourquoi.

— Non, par contre, j'aimerais assez que tu diffuses l'idée que les tentatives contre Criticos ont été perpétrées par Mendiola et son équipe de cinglés.

— Ah bon, et pourquoi ? interrogea stupéfait Hannibal le Lecteur.

— T'occupe ! Et je serais ravi que cette info arrive aux oreilles d'Olazagasti.

L'indic arrêta sa marche et se retourna vers le policier qui s'allumait une Gitane.

— Pas de problème pour ça. Par contre, ça risque de faire du vilain. Le Basque, c'est plutôt un impulsif, du genre à corriger par le plomb ceux qui cherchent à lui nuire.

Le commissaire ne releva pas la remarque pleine de bon sens et se contenta de tirer une grande bouffée de tabac brun. Il reprit :

— Et pour Rodriguez, tout le monde sait que c'est le Bordelais qui est derrière.

— Ah bon ?

— Oui, et je ne détesterais pas que ça se sache aussi. Un peu comme une confirmation aux oreilles du Basque, précisa le policier.

— Et qu'est-ce que j'ai à y gagner ?

— Ma considération, déjà, et un coup d'éponge sur tes dernières conneries, si tu vois ce que je veux dire.

— Je visualise assez bien.

— Bon, alors c'est entendu. Je ne vais pas te retarder davantage. Je veux qu'avant ce soir, Olazagasti soit persuadé que Mendiola s'en est pris à Criticos et que son but est de gagner des parts de marché sur le Pays basque. C'est clair ?

— Plutôt, oui. Mais c'est les portes de l'Enfer que vous vous apprêtez à ouvrir. Sans compter que je me suis laissé dire que le Basque venait de dessouder un homme du Bordelais, comme ça, un geste gratuit en plein dans la propriété landaise de Vidal. J'aime autant vous dire que bientôt il deviendra malsain de traîner dans les rues après 20 heures. En plus, si vous introduisez Mendiola dans la danse macabre, c'est la Saint-Barthélemy des truands que vous nous préparez. Ça va saigner, et pas qu'un peu.

— Allez, file !

— Oui, et n'oubliez pas ma petite ardoise.

Les mains calées dans les poches, Hannibal le Lecteur salua le commissaire de la tête et quitta les lieux. Marty le regarda partir. Il savait ce qu'il venait de faire. Oui, ça allait saigner chez les mauvais garçons, mais bon, on ne fait pas d'omelette sans casser des œufs ; surtout à coup de flingue. Il écrasa sa clope du pied dans l'herbe humide du fossé, remonta le col de son manteau et prit la direction de son auto. En attendant que sa bombe à retardement éclate, il devait régler une affaire au plus vite.

*

Saint-Jean-de-Luz - lundi, 9 h

Beñat s'était installé à la terrasse du Majestic. De là, il avait une vue d'ensemble sur la place Louis XIV. D'après les renseignements notés sur la fiche du commissaire, maître Courtois venait au restaurant le Suisse tous les mercredis soir pour y prendre son dîner en compagnie d'amis. Il garait son auto dans le parking qui se trouvait un peu plus loin sur la gauche et à 21 heures précises, il traversait la place à pied.

Le soleil d'automne magnifiait les bâtiments aux volets rouge sang-de-bœuf de cet ensemble architectural remarquable. Peu importait à Beñat la beauté de cet édifice, seule comptait pour lui la méthode qu'il allait adopter pour descendre *ce fumier de Courtois.* En cette saison, à la nuit tombée, cette place n'était pas si fréquentée que ça. Un vent froid et humide s'y engouffrait, pressant les rares passants. C'était un plus pour le projet que le boutiquier vengeur voulait entreprendre. Restait le *modus operandi* à définir. Il trempa ses lèvres dans le verre de pastis et observa tout ce qui se présentait à lui. Allait-il descendre l'avocat avec son arme fétiche, le Mauser, ou bien tenterait-il quelque chose de moins risqué ? Même peu fréquentée, la place se situait en pleine ville avec des cafés et des restaurants autour, donc des témoins potentiels qui pouvaient le repérer aisément. Son regard se porta à nouveau sur le parking. À 21 heures, un mercredi de novembre, une opération commando lui paraissait plus appropriée. Il but à nouveau une gorgée de jaune et sourit, satisfait de son choix. Cette journée de lundi n'étant qu'à peine entamée, il lui restait encore deux jours pour peaufiner son opération. Déjà, il venait de choisir son arme. Il ne lui restait plus qu'à l'adapter à sa mission vengeresse. Il était confiant et vida son verre d'un trait.

24

Anglet, 9 h

Quand Marty entra dans le Neptune, il constata qu'à cette heure très matinale pour des loulous, le café était quasiment vide. Le barman passait la serpillière dans la salle et les seuls clients qui prenaient leur petit déj' étaient les deux costauds qui servaient de gardes du corps à Mendiola. Sans un mot, le policier se dirigea vers l'arrière-salle. Dans son dos, le cabaretier aboya :

— Eh, c'est privé par là, on ne passe pas !

Le commissaire se retourna calmement et ouvrit largement son manteau. En voyant le holster bien garni qui pendait sous l'épaule du policier, le limonadier resta bouche bée. Il est des arguments contre lesquels il ne faut pas aller. Le calibre 38 Special en est un. Comme pour mieux appuyer sa requête, Marty désigna l'arme de l'index :

— J'ai ça comme laissez-passer, je pense que c'est suffisant.

Le barman approuva de la tête et retourna, comme si de rien n'était, à sa serpillière et à son balai.

Derrière sa table de jeu, Mendiola alignait des cartes. Il ne paraissait pas affecté par l'entrée du policier.

— Si c'est l'avenir que tu cherches à connaître, je peux t'assurer que tu as du souci à te faire.

Le caïd leva ses yeux bleu lavasse et sourit :

— Bonjour commissaire. J'étais juste en train de faire une réussite. Que me vaut l'honneur de votre présence ici ?

— Il me semble que l'inspecteur Maillard t'a convoqué au commissariat pour ce matin.

— Vous voulez parler de ce merdeux qui a osé me menacer chez moi ?

Le commissaire s'était lentement approché de la table. D'un coup, il agrippa Mendiola par les cheveux et plaqua violemment sa face au milieu des cartes. Aussitôt, il enfonça son calibre dans la joue du chef de bande.

— Je te présente Smith et Wesson modèle 36. Te fie pas au canon court, à cette distance, je te refais tes plombages sans aucune difficulté. Je vois à ton regard de vipère que tu te demandes pourquoi un révolver ? Bonne question. Avec ça, aucun risque qu'il ne s'enraye.

Un filet de bave coulait de la bouche déformée de

Mendiola. Son souffle rapide donnait vie aux cartes étalées devant lui. Maintenu fermement par la main gauche du commissaire, il lui était impossible de bouger. Avec ironie, le policier poursuivit :

— Tu te demandes si avec cinq balles dans le barillet je peux abattre tes petits copains si des fois ils avaient l'idée d'intervenir ? La réponse est oui et je peux t'assurer que je peux en plus te truffer comme une dinde de Noël. C'est bon ça la dinde, hein ? Tu ne réponds pas ? Okay, les goûts et les couleurs, ça ne se discute pas. En attendant, je te veux demain dans mon bureau à huit heures.

D'un geste vif, il releva la tête du joueur de cartes et lâcha enfin sa longue tignasse. Il ajouta menaçant :

— C'est compris ?

Mendiola se massait la joue et se contenta d'un signe approbateur de la tête.

— À la bonne heure ! s'exclama Marty ravi. Je te laisse, j'ai un boulot en ce moment, tu ne peux pas t'imaginer.

Il se tourna et sortit de la pièce avec une lenteur mesurée. Dans son dos, le caïd enrageait, impuissant. Jamais on ne l'avait humilié de la sorte.

Quand Marty retourna dans la salle, il trouva les deux balèzes debout devant l'entrée de la petite pièce à jouer.

— Alors, les gars, on écoute aux portes ? J'espère que le message est passé.

Il tenait toujours son calibre à la main. Il toisa un

des deux gros.

— Tiens tiens, mais c'est pas mon pote Mustapha ?

— Mohamed, commissaire.

— T'es déjà sorti ?

— Pour bonne conduite, commissaire.

Les deux balèzes partirent dans un ricanement qui fit réagir immédiatement Marty. Avec une vivacité foudroyante, il asséna un coup violent à la face du premier avec la crosse de son 36 et enfonça en suivant son canon dans la bouche du guerrier de l'Atlas. Le policier prit son air le plus menaçant et ajouta :

— J'aime pas trop qu'on maltraite mes inspecteurs, c'est compris ?

Il enfonçait le plus qu'il le pouvait le canon du révolver dans la bouche du gars au regard terrorisé, alors que son petit camarade gémissait en se tenant la pommette ensanglantée.

— Si je vous revois une seule fois en ville, c'est pas à un gentil avertissement que vous aurez droit. Compris ?

Les deux hochèrent la tête. Le message était passé. D'un geste vif, Marty retira l'arme de la bouche de Mohamed, manquant au passage de lui arracher les dents de devant. Sa victime hurla de douleur.

— Allez salut ! Que ça vous serve de leçon.

Sans rien ajouter, il quitta le bar et rejoignit sa R16. Il n'était pas mécontent de ce qu'il venait de faire. Trop longtemps il avait respecté la procédure à la lettre et s'était écrasé devant des gars comme ça.

Que de frustration accumulée durant toutes ces années ! Mais ça, c'était avant. Maintenant, il appliquerait sa nouvelle méthode. La retraite approchait et il désirait laisser la ville et ses environs aussi propres que possible. Peu importaient les moyens.

*

Maillard s'en était plutôt bien sorti. Une fracture du nez et deux côtes fêlées, c'était le tarif minimal pour une telle raclée. Son séjour à Saint-Léon avait été de courte durée, les médecins n'ayant décelé chez lui ni séquelle cérébrale ni hémorragie interne. De là à dire que tout allait bien, il y avait encore de la marge.

Un pansement sur le nez, il franchit la porte du bureau de son supérieur.

— Alors Maillard, et cette petite virée chez les déglingos ?

— Ces fumiers m'ont pris par surprise.

Marty ne pouvait s'empêcher de sourire.

— Dis-moi, ton karaté là, ton full-contact, c'est pas très efficace, si ?

— Ils étaient deux et je vous le répète, ils m'ont attaqué par-derrière.

— Ah, les salauds, ils ne respectent rien ! Pas même un faire-part ou une demande de duel.

— C'est ça, foutez-vous de ma gueule. Je vais y retourner et croyez-moi cette fois-ci, Mendiola va se pointer ici sans traîner ! Quant aux deux gros, ils vont manger chaud. Quoi, qu'est-ce qu'il y a ? Qu'est-ce que vous avez à vous marrer ?

— Il y a que je suis allé voir tes petits copains.

— Quoi ?

— Que je leur ai expliqué à ma façon ma vision du problème. Demain, dès l'ouverture, tu trouveras Mendiola dans ton bureau. Quant aux deux autres, tu ne devrais plus entendre parler d'eux.

Maillard n'en revenait pas. Il dévisageait le commissaire avec stupeur.

— Vous y êtes allés à combien pour réaliser ce prodige ?

— Seul, pourquoi ? Enfin je dis seul, j'étais quand même accompagné par Smith et son pote Wesson.

L'inspecteur esquissa une moue admirative.

— De la casse ?

— Je pense que tes copains vont devoir consulter un dentiste, voire même un orthodontiste.

— Je vois. Bravo !

— Oh, qu'est-ce que tu veux, c'est l'expérience.

Comme s'il voulait passer à autre chose, Maillard prit une profonde inspiration et s'appuya sur le dossier de la chaise devant lui.

— J'ai profité de mon passage à Saint-Léon pour rendre une petite visite à notre ami Criticos.

— Ah ? Et ?

— Il va s'en sortir, mais pour l'instant pas question de l'interroger. Ses expériences électriques ont quelque peu dispersé ses neurones. Il va falloir nous montrer patients.

Soulagé par la réponse de l'inspecteur, Marty se décontracta entièrement et s'alluma une Gitane. Après la première bouffée, il lâcha :

— Eh bien, c'est ça, patientons.

25

Biarritz, 12 h

La rumeur qu'avait lancée Marty était rapidement parvenue aux oreilles d'Olazagasti. Comme à chaque fois qu'une situation grave se présentait, il avait réuni dans son bureau maître Courtois pour ses conseils avisés et Etchegaray pour l'application des peines.

— Je vous l'avais dit, grogna le Basque, laisser du mou à ce malade de Mendiola n'était pas une bonne chose.

— Il nous a quand même rendu quelques services par le passé, ajouta l'avocat avec modération.

— C'est vrai, mais à quel prix ? Ce chien a fini par mordre. Il est temps de l'abattre avant qu'il ne se prenne pour un véritable caïd. Salauds de jeunes !

Etchegaray qui se tenait debout sentit que c'était à son tour de parler.

— Dès ce soir, je peux rassembler quelques gars

motivés avec des sulfateuses et quelques ananas[11]. On prend la DS et on arrose le Neptune à notre façon.

Cette proposition plongea Olazagasti dans une réflexion muette. D'un coup, il lâcha :

— Non, ce n'est pas à l'immobilier que je veux m'attaquer, mais à Mendiola.

— Je peux vous assurer, patron qu'après notre passage, il n'y a pas que l'immobilier qui aura souffert. Un véritable carnage !

— Je ne dis pas que c'est pas tentant, je dis seulement que si on le rate sur le coup, ça sera plus difficile de l'éliminer par la suite. Non, ce qu'il faut faire, c'est le piéger et c'est quoi son point faible ?

— Son cerveau ? répliqua Etchegaray sans malice.

Maître Courtois se retourna vers lui, étonné. C'est le Basque qui répondit.

— Aussi, mais pas que. Non, son véritable problème, c'est l'approvisionnement en dope. Pour l'instant, il bricole et c'est pour ça qu'on l'a laissé faire avec sa bande de débiles. Mais là, il est allé trop loin. S'il veut de la bonne, je vais lui en filer et à un tel prix qu'il ne pourra pas refuser.

— Je ne comprends pas, dit le grand balèze.

— C'est pas grave. Je veux piéger ce fumier, lui apprendre les bonnes manières et le respect des aînés. Il va l'avoir son conflit de générations. Appelez-moi tout de suite l'Apothicaire.

11. Grenades en argot.

— Courtois attrapa le combiné qui se trouvait devant lui, fit sans hésitation tourner le disque pour composer le numéro et attendit. Après quelques tonalités, une voix se fit entendre :

— Oui, allô ?

L'avocat tendit l'appareil à son patron.

— Oui, Olazagasti… Dis-moi, j'aurais un service à te demander…

*

Èlissalde était rentré rapidement à Bayonne. Ses repérages à Saint-Jean-de-Luz étaient satisfaisants et il savait dorénavant comment procéder avec maître Courtois. Il lui fallait pourtant régler un dernier point, un détail essentiel pour son plan. Il avait peu de temps afin de tout finaliser pour mercredi soir. Il ne fallait pas qu'il traîne. Dans sa cave, aménagée en atelier, il s'affairait autour d'un tour à métal. Une pièce d'acier d'une dizaine de centimètres se faisait usiner avec précision. Pour arriver au résultat final que désirait l'armurier, il lui restait encore de longues heures de travail. Peu lui importait. Descendre ce fumier d'avocat, ce donneur d'ordres dans l'assassinat de son frère, demandait bien quelques sacrifices. Son élimination devait être parfaite, sans bavure, pas comme avec Criticos. Cette fois-ci pas d'échec possible. Il désirait aussi retrouver les gros titres en première page et non un entrefilet dans les faits divers.

Question de prestige. Avec ce qu'il préparait, c'était la reconnaissance assurée du travail bien fait. La Légion d'honneur du vengeur. Ces pensées simples l'encouragèrent à se concentrer davantage sur son ouvrage. Tout devait être parfait.

*

Le Neptune, 17 h

L'Apothicaire avait d'abord refusé la proposition du Basque. Trop dangereux de travailler avec un cinglé comme Mendiola. Puis, devant les arguments appuyés d'Olazagasti, il avait finalement accepté. Le caïd biarrot était son plus gros client et il ne désirait pas le perdre ou pire se le mettre à dos.

Quand il pénétra dans le Neptune, il ne put s'empêcher de ressentir un sentiment d'insécurité. Tous les regards des jeunes loubards à moitié défoncés qui le dévisageaient le mettaient mal à l'aise. Physiquement, Santini, dit l'Apothicaire, ressemblait plus à un représentant en assurance qu'à un pourvoyeur de dope en tout genre. La quarantaine bourgeoise, toujours propre sur lui avec ses cravates discrètes et ses cols amidonnés, il avançait lentement dans la salle enfumée et bruyante avec le sentiment qu'il était en train de commettre une grave erreur. Mendiola n'était pas du tout son type de clientèle. Lui, donnait plutôt dans le gros truand. De Marseille à Bordeaux en passant par Paris et la Côte basque, il ne faisait pas dans le détail, mais dans le gros. Ses talents de négociateur et sa connaissance du marché en faisaient l'intermédiaire incontournable. Tous voulaient traiter avec lui, mais lui seul réservait sa décision.

Le barman lui adressa un léger coup de tête et lui désigna de la main la pièce où il devait rencontrer le maître des lieux.

En entrant dans l'arrière-salle, l'Apothicaire trouva Mendiola attablé comme à l'accoutumée en train de faire sa réussite. Le regard qu'il lança au nouveau venu fut difficile à interpréter : un mélange de menace et de curiosité, le tout nappé de folie.

Le représentant en droguerie ne sut que faire. Il regrettait déjà d'avoir cédé à la demande du Basque.

— Approche, n'aie pas peur, lança le Croque-mort de sa voix grave.

Le visiteur serra un peu plus la poignée de son attaché-case et s'avança d'un pas mal assuré.

— Que me vaut ta visite ? demanda le joueur de cartes en le fusillant du regard.

— J'ai du bon matos à te proposer. De l'Afghane premier choix et de la Colombienne pure et le tout à un prix défiant la concurrence.

Mendiola ne cessait de l'observer comme s'il cherchait à percer son âme. Il mit un temps infini à répondre. Son hôte se sentait de plus en plus mal à l'aise.

— D'habitude, c'est pas moi que tu viens voir, mais plutôt Olazagasti, le Bordelais et autres patrons du milieu.

— Exact, mais dans le commerce, il faut savoir diversifier sa clientèle et s'ouvrir de nouveaux marchés. Et puis, comme tu es en ce moment celui qui monte…

La face de Mendiola ne bougea pas d'une ride. Son masque de croque-mitaine et ses yeux bleu métal rendaient Santini de plus en plus nerveux. Il ajouta avec un sourire crispé :

— Bon, en plus il me reste un bon paquet de dope que je n'ai pas pu écouler. Et comme j'ai besoin de fraîche…

Le visage du déglingo s'ouvrit alors d'un large sourire.

— Eh ben voilà, je préfère ça. Sache qu'avec moi, il ne faut jamais chercher à biaiser. On peut goûter ?

L'Apothicaire sentait que l'ambiance se détendait. Il ne put s'empêcher de souffler, libérant ainsi une partie de son anxiété.

— Bien entendu, s'exclama-t-il avec enthousiasme. Héro ou coke ?

— Commençons par la coke.

Sans attendre une seconde, le représentant ouvrit sa mallette et en sortit un petit paquet de poudre blanche enveloppée de cellophane. Il le déposa devant son futur client.

Mendiola sortit son cran d'arrêt et en libéra une lame effilée. La vision de ce surin remit un coup de pression au démarcheur qui déglutit avec difficulté. Il creva délicatement le pochon et traça sur la table un rail de blanche que n'aurait pas renié la SNCF. Puis, il roula méthodiquement un billet de 500 avec un savoir-faire évident jusqu'à obtenir un cône aux proportions idéales. Il se pencha, le porta à sa narine gauche et fit disparaître la ligne en un temps record. Il se redressa, ferma les yeux et renifla deux fois. Secouant nerveusement la tête, il lâcha :

— Il faut reconnaître que c'est plutôt de la bonne.

Il souriait presque aimablement.

— Et quand tu verras le prix que je te propose...

— On verra ça plus tard. Envoie l'héro !

L'opération se déroula avec le même rituel. Mendiola parut à nouveau satisfait de la came. Relevant avec lenteur sa face de croque-mort, il demanda :

— Où et quand ?

Ça y était, le poisson avait mordu. Complètement détendu, l'Apothicaire lui répondit :

— Ce soir, au port, devant le Cyclope, 22 heures.

— Okay... Mais fais gaffe, s'il y a arnaque !

Il pointait le surin en direction de son hôte.

— Il n'y a pas d'arnaque. Tu connais ma réputation. Réglo réglo. J'ai dix kilos de chacune de ces poudres et la qualité sera la même. Maintenant, si tu préfères ta cochonnerie hollandaise...

— J'y serai avec mes gars, coupa net Mendiola.

Soulagé, l'Apothicaire refermait son attaché-case, quand son client reprit :

— Autre chose, dans le coin, laisse tomber tes autres clients. Tu verras, tu ne le regretteras pas, j'ai des grands projets d'agrandissement et d'expansion de mon affaire.

— Bien bien, si j'y trouve mon compte, pas de soucis.

Il attrapa sa mallette et commença à quitter la pièce. La voix de Mendiola retentit comme une menace dans son dos.

— N'oublie pas ce que je viens de te dire et ne pense même pas à me repasser comme un vulgaire faisan.

Le représentant de commerce ne se retourna pas et disparut.

Une fois sur le trottoir, il vida ses poumons. Jamais dans sa carrière, il n'avait eu aussi peur. Sur ce coup, c'était sa vie qu'il jouait. Si ce soir le plan d'Olazagasti foirait, c'en était fini de lui.

26

Commissariat de Bayonne, 17 h

Maillard désirait faire le point sur ces affaires de meurtres dans le milieu. Y avait-il un lien entre elles ? Les deux gros caïds d'Aquitaine avaient-ils vraiment décidé de se lancer dans une guerre ouverte ? Une nouvelle rumeur avait fait entrer Mendiola dans la danse. À ce stade, tout restait plausible. Le jeune poussait pour se faire une place plus grande au soleil et les deux autres requins trouvaient le bain trop petit pour trois. Il ne savait pas. Il se saisit d'un feutre et alla vers le tableau d'où pendaient de grandes pages blanches. Il tâcha de faire le tri dans son esprit et de se rappeler les différents éléments dont il disposait. Concernant Rodriguez, il y avait déjà ce curieux calibre, 7,63 mm, peu courant. Avec application, il le nota en dessous du nom de la victime. Les quatre de Tarnos, ceux du camp du Bordelais, avaient été vaporisés à l'explosif, et Criticos travaillé à l'électricité. Le dernier, le porte-flingue de Vidal, avait été abattu à l'arme de guerre au cœur de la campagne landaise.

Aucun élément ne reliait ces quatre affaires. Il attrapa son calepin et en tourna les pages. Il y avait fait un résumé des différents rapports sur ces affaires. D'après Narboni et le barman, un type, la petite cinquantaine en imper, genre représentant en parapluies, avait été aperçu peu avant le meurtre et s'était intéressé à Rodriguez. Mais au moment du tir au pigeon, il avait déjà vidé le camp depuis longtemps. Il fit défiler les pages et arriva à l'affaire de Tarnos. Là encore rien de probant. Un cocktail de poudre à fusil, du gaz, quelques lettres : … *allez tous… payer.* Sans enthousiasme, il marqua tous ces éléments sur le tableau. Rien n'apparaissait. Sans trop de conviction, il parcourut ses notes suivantes dans lesquelles se trouvaient les déclarations du barman et du client du Commerce. Il lut en diagonale les dépositions et son esprit fut frappé par un élément. Encore un gars, la cinquantaine, physique ordinaire, présent quand le Turc passait sa commande. Coïncidence ou présence du même type dans ces deux affaires ? À ce niveau, il ne pouvait encore rien confirmer. Il se contenta de noter les deux faits. La présence de la 2 CV fut, elle aussi, écrite dans la colonne Tarnos. Concernant celle de Criticos, seuls les mots Lyonnais ou Violet furent inscrits. Maillard se recula et observa le tableau un moment. Il affecta une moue dubitative, car rien ne venait l'éclairer davantage. À ce niveau, le seul lien était un client lambda qu'on retrouvait dans deux des affaires. Ce genre de profil ne manquait pas dans les troquets du coin. Il repensa à Mendiola. D'après ce qu'il avait pu constater, ce n'était pas le style des gars qui l'entouraient. Ni son âge ni son code vestimentaire ne correspondaient. Restait l'éventualité d'un tueur professionnel, du genre qui passe inaperçu, qui se fond dans le décor.

Il se gratta le pansement qui barrait l'arête de son nez et renifla pour tenter d'atténuer la gêne procurée par les mèches de coton enfoncées dans son tarbouif malmené par les sauvages de Mendiola. Son attention fut attirée par le nom de *Lyonnais*. Il en était sûr, c'était bien ce terme qu'il avait entendu de la bouche de Criticos et non *violet*. Mais bon… Que signifiait-il ? Un lieu, un habitant de la capitale des Gaules, un sobriquet, une banque ? Il y avait bien le hold-up du Crédit Lyonnais, mais là encore, les auteurs de ce coup étaient à peu près identifiés : des gars de Pau.

Au bout d'un moment, il préféra laisser tomber. Rien n'apparaissait, rien qui n'apportait le début du commencement de la résolution de cette affaire. De toute manière, si tout cela s'inscrivait dans une guerre de gangs, il aurait bientôt d'autres éléments à porter à son tableau.

À ce moment-là, Marty entra dans la pièce. La

première chose qu'il aperçut fut son inspecteur de dos, apparemment en pleine réflexion. En se déplaçant un peu sur sa droite, il comprit tout de suite. Un bref aperçu des annotations sur le tableau le troubla. Maillard était un jeune flic, mais un flic brillant. Apparemment, il ne lâchait pas l'affaire. Ces éléments ordonnés en dessous de chaque dossier indiquaient qu'il avançait dans la bonne direction.

L'inspecteur se retourna.

— Ah, c'est vous commissaire.

— C'est quoi tout ça ? demanda son chef en désignant le tableau d'un coup de menton.

— J'essaye de trouver le point commun à toutes ces affaires, l'élément déclencheur.

— Oui, eh bien ne cherche pas. Il n'y a que deux solutions à tout ça : soit c'est le Bordelais et Olazagasti qui se chamaillent, soit c'est l'autre taré de Mendiola qui est derrière tout ça.

— Oui, vous avez sans doute raison. Mais reste à choper l'opérant de tous ces coups.

— Le lampiste quoi ! Moi ce qui m'intéresse, c'est les gros bonnets, pas les grouillots du crime. Si ça se trouve, les gars qui ont fait tout ça ne sont même pas d'ici. Des types engagés par une des parties, des pros, quoi. Ton Lyonnais, par exemple, il est peut-être en train de se taper en ce moment des cuisses de grenouille dans un bouchon de Lyon. Perso, je ne vais pas pleurer pour ces enflures qui nous ont quittés. Ça fait assez longtemps qu'elles m'emmerdaient ces crevures. Alors, bon débarras !

Soufflé par ces propos, Maillard regardait son patron avec stupéfaction.

— On ne peut quand même pas laisser faire sans bouger, s'indigna-t-il. Il y a eu six meurtres et deux tentatives.

— Ça fait du ménage ! Crois-moi.

Réalisant qu'il s'était un peu trop emballé, le commissaire baissa d'un ton. Il attrapa son paquet de Gitanes, en extirpa une tige et la porta au bec. Puis, sans même l'allumer, il la retira de ses lèvres.

— Oui, c'est toi qui as raison, se radoucit-il, tout crime doit être puni. Et c'est à nous de trouver les coupables. Bon, tu en es où alors ?

— Ben, nulle part. Il y a quelque chose qui cloche dans cette affaire, mais je n'arrive pas à savoir quoi.

— Crois-moi, j'ai comme l'impression que ça va bientôt bouger.

— Comment ça ?

— Mets plusieurs crabes dans une bassine et attends. Un carnage ! Autre chose : Aucune des quatre affaires que tu as relevées n'a un mode opératoire semblable aux autres.

En disant cela, Marty louait l'inventivité et la bêtise d'Èlissalde qui, à sa façon, avait réussi à brouiller les pistes.

— Vous pensez à plusieurs tueurs ?

— Pourquoi pas. Je n'en sais rien, mais je te le redis, je ne serais pas étonné qu'il te faille ajouter de nouvelles colonnes sur ton tableau. Bon, je te laisse à tes réflexions.

Il alluma sa Gitane et sortit en laissant derrière lui un grand panache de fumée grise et une forte odeur de tabac brun.

27

Port de Bayonne, 22 h

La brise marine poissait les quais de l'Adour. Le vent salé rôdait entre les navires amarrés et les grues au repos, charriant une brume d'où émergeaient les taches de lumière des lampadaires. L'Apothicaire se tenait debout au pied du Cyclope, une valise à ses pieds. Il ajusta son chapeau et remonta un peu plus le col de son manteau. Son visage dénonçait une véritable inquiétude. Il regrettait déjà de s'être laissé embarquer dans une affaire pareille. Un bruit derrière une caisse le fit sursauter. Il le savait, tout autour de lui les hommes d'Olazagasti se tenaient en embuscade. Était-ce suffisant pour le rassurer ? Pas le moins du monde ! Dans peu de temps, ça allait défourailler et le plomb se mêlerait à la pluie fine qui commençait à dégringoler. Le sang allait couler et il craignait que le sien ne soit de la partie. Il jeta un regard nerveux à sa montre. *Bon sang, mais qu'est-ce qu'il fout ? En plus je me les pèle !*

Il marcha quelques mètres en secouant les épaules. La tension était à son maximum. *Olazagasti, c'est un petit malin... Il attend peinard, au chaud, chez lui. C'est moi qui prends tous les risques. Putain, si je me sors de ce coup, il va falloir que je monte mes prix !* Un grondement sourd de moteur le fit à nouveau sursauter. Cette fois-ci, le cirque allait pouvoir commencer. Il prit une profonde inspiration et souffla bruyamment après avoir retenu l'air un moment. *Paraître naturel, décontracté !*

Tout à coup, cinq motos allumèrent leurs phares. Aveuglé, Santini détourna la tête. Dans un bruit d'enfer, elles commencèrent à tourner autour de lui. Sur chaque meule, le passager balayait l'obscurité du canon de son arme automatique. De toute évidence, ils se tenaient sur leurs gardes. Quatre gros phares firent leur entrée dans la danse. Le patron arrivait, encadré de quatre autres motards. *Quelle cavalerie !* pensa l'Apothicaire. *Plutôt méfiant, l'animal !*

La vieille Cadillac s'arrêta à moins d'un mètre du représentant en dope. Son puissant moteur ne cessa pas de tourner. Une portière s'entrouvrit et une santiag en python bleu turquoise se posa sur l'asphalte. Le reste du propriétaire se déplia. Mendiola apparut. Quatre hommes armés de fusils à pompe l'accompagnaient. Seul le chauffeur resta derrière son volant. Alors que le déglingo s'avançait lentement vers son fournisseur, un Colt Cobra dans la main droite, la belle Américaine effectua une marche arrière et se positionna en sens inverse, prête à filer en cas de coup dur.

— Tu as la marchandise? lança-t-il d'une voix grave sortie d'outre-tombe.

— Bien entendu, lui répondit l'Apothicaire d'une voix pas aussi assurée qu'il l'aurait désiré. Tout est dans cette valise.

Un porte-flingue s'accroupit, ouvrit le bagage et tendit un des pochons de poudre à récurer le cerveau à son patron. Mendiola y plongea la lame de son surin et la porta aussitôt à sa langue. La faisant claquer, il jeta sur son pourvoyeur un regard de psychopathe en manque de meurtre.

— Elle est bonne! se contenta-t-il de dire.

— Et pour la braise? osa demander le commercial.

Il eut en retour le même regard d'aliéné en goguette et un silence que la mort n'aurait pas renié. Après ces secondes interminables pour l'Apothicaire, Mendiola fit un geste de la main au-dessus de son épaule. Un de ses hommes à l'allure d'un punk sous stéroïdes avança, un attaché-case à la main. Il le déposa au pied du marchand de blanche, l'ouvrit laissant apparaître des tas de Pascal et se saisit de la valise de dope.

— Bon, ben, maintenant que l'affaire est conclue, déclara l'Apothicaire la main sur la poignée de la mallette, je décarre.

— Tu m'as l'air bien nerveux, quelque chose ne

tourne pas rond, l'ami ?

— T'inquiète, tout baigne, c'est juste cet endroit qui me file le trac.

— Tu vois, reprit Mendiola avec un sourire de vampire assoiffé, moi, je l'aime bien ce coin.

— Okay, super ! Moi, je me casse. Salut !

Sans demander son reste, il traversa le cercle des tueurs à moto et disparut derrière des containers.

Une longue rafale de fusil d'assaut cracha alors ses pruneaux de plomb. D'autres l'accompagnèrent, semant la panique et la mort dans les rangs du gang du Neptune. Certains tombèrent, mais beaucoup ripostèrent. Dans cette mêlée, Mendiola, les yeux exorbités, dégoupilla une grenade et la balança du côté d'où venait le feu adverse. Peu soucieux du résultat, il se réfugia ensuite à l'arrière de la Cadillac qui démarra en trombe. Ses petits copains, enfin, ceux qui étaient encore valides, quittaient le champ de bataille dans un vacarme d'enfer. L'échange avait été de courte durée, mais intense. Les douilles se ramassaient à la pelle et il pleuvait sur Bayonne.

28

Biarritz, le lendemain matin

Maître Courtois trouva Olazagasti dans le petit salon. Le parrain basque affichait une mine grave et contrariée. Après de brèves salutations, l'avocat prit la parole :

— Je vous l'avais dit de ne pas vous engager dans une affaire pareille. Le résultat est là. Catastrophique ! Trois blessés chez nous, Mendiola en vie et notre fournisseur principal ulcéré par l'issue de la soirée.

— Ce gars-là a une chance incroyable. Étant donné la puissance de feu, jamais il n'aurait dû s'en sortir. Avouez maître, que pour réussir un coup pareil, il ne faut pas sortir de l'École de guerre ! Enfin, il a laissé quelques-uns de ses hommes sur le carreau, c'est déjà ça !

— Vous plaisantez ou quoi ? Maintenant, la police ne va plus nous lâcher. Je suis déjà étonné de ne pas voir le commissaire Marty débarquer ici. Mendiola est un taré. Il va réagir et comme tous les tarés, il va le faire de façon inattendue. Il faut que nous nous tenions tous prêts aux représailles.

— Je pourrais dire aux gars d'arroser le Neptune.

— Et vous croyez que la bande de ce malade vous y attend. Taré, mais pas complètement idiot. Mendiola a dû se replier dans un endroit secret.

— Eh bien, nous le trouverons ! coupa le Basque agacé.

— Et puis il y a aussi le Bordelais.

— Qu'est-ce qu'il a, le Bordelais ?

— Il a que vous lui avez descendu un de ses hommes dans sa retraite landaise.

— Bah ! Il a compris la leçon. Et puis, ça fait un gars partout. Il n'ira pas plus loin croyez-moi. Rodriguez est vengé et puis voilà. Fin des hostilités.

— Espérons-le.

— Mais oui... Un café ?

— Oui, mais après, je file. J'ai du travail qui m'attend au cabinet.

*

Port de Bayonne

La pluie avait cessé, mais le décor toujours aussi humide n'engageait pas à la joie ni à la bonne humeur. À l'endroit où s'était déroulée une véritable bataille la veille s'agitaient de nombreux représentants des forces de l'ordre. Un périmètre avait été sanctuarisé au centre duquel gisaient deux motos couchées et trois silhouettes dessinées à la craie. Des gars en combinaison blanche, le nez au sol, tentaient de récupérer le maximum d'indices.

Devant cette scène, Marty grimaça. À ses côtés, Maillard ne savait où poser les yeux.

— Toi qui doutais que ce soit les prémices d'une guerre des gangs, te voilà fixé.

— Ça, il faut reconnaître... Ce que je ne comprends pas, c'est qu'il n'y a que ces trois morts. Vu le nombre de douilles retrouvées, on pouvait s'attendre à plus.

— Toi aussi, tu es déçu ?

L'inspecteur se retourna vers son patron pour saisir le véritable sens de sa question. Le commissaire se mit à ricaner.

— Je plaisantais. Tu sais, ces gars ne sont pas des champions de tir ni des cadors de la stratégie. Ils ont vidé leurs chargeurs, droit devant eux en se tenant le plus planqués possible. C'est pas comme ça qu'on gagne une bataille. Quant aux blessés, ils ont été évacués. Inutile de les chercher aux urgences. Olazagasti a dans sa poche tout un réseau de toubibs plus ou moins compétents qui, pour quelques billets, se chargeront de l'infirmerie.

— Je vois. Et ces trois-là ?

— Ça, ce sont des gars de Mendiola. Cheveux crasseux, blouson en cuir, pas plus de vingt-cinq ans... Et puis, il y a ces bécanes, sûrement volées et maquillées. Te fatigue pas à relever le numéro de châssis ou de moteur, rien ne correspondra. Quant aux étuis par terre, je serais étonné qu'on y retrouve des empreintes.

— Ils devaient quand même avoir une sacrée raison de venir ici pour se flinguer avec tant d'entrain ?

— Sûrement, mais je te fiche mon billet que la plupart des participants à cette petite sauterie en ignoraient la raison.

— Comment ça ?

— Côté Olazagasti, certains sont unis par le lien du sang. Beaucoup de ses employés viennent de l'arrière-pays comme lui, et certains sont même de sa famille. On trouve aussi dans ses rangs de vrais pros qui ne posent jamais de questions du moment que la paie est bonne. Bon après, je ne te dis pas qu'il n'y a pas des branques qui adorent flinguer à tout va, mais ils ne sont pas trop nombreux.

— Et côté Mendiola ?

— Là, c'est un autre style. Ces jeunes sont tous issus des quartiers, pas très fortiches à l'école et portés sur les stups. Mendiola leur file de la fraîche et de la came, ce qui les rend corvéables à merci. Certains sont chargés de la vente, d'autres des allers-retours à Amsterdam ou au Maroc, d'autres glandent la plupart du temps, prêts à monter sur n'importe quel coup.

— Comme ?

— Comme le braquage d'une bijouterie, le vol de caisse ou de bécane. Enfin tu vois l'idée…

— Ils ne seraient pas impliqués dans l'affaire du Lyonnais, par hasard ?

Marty haussa les épaules, affectant une moue dubitative.

— Va savoir. Il se raconte plutôt que c'est la fameuse bande de Pau qui, d'ailleurs, à bien y réfléchir, ressemble en tous points à celle de Mendiola. À creuser. À propos, si l'envie te prend d'aller interroger à ce sujet celui-là, te gêne surtout pas.

L'inspecteur perçut sans difficulté l'ironie de son chef. Il répondit sur le même ton.

— Sans façon ! Même si j'aurais plaisir à rectifier sa face de rat.

— N'oublie pas les sommations. De toute manière, ne t'attends plus à le voir débouler dans ton bureau après une nuit pareille. Bon, conclut le commissaire d'un ton désabusé, ça caille, je rentre au nid. Tu viens ?

Dépité, Maillard jeta un dernier regard à la scène, grimaça et emboîta le pas de Marty.

— C'est vrai que ça caille…

29

Saint-Jean-de-Luz, mercredi - 20 h 57

La nuit se mêlait à la bruine qui détrempait le centre historique de Saint-Jean-de-Luz. Seuls les lampadaires peinaient à apporter un peu de lumière à ce décor lugubre. Depuis une demi-heure, Beñat attendait l'arrivée de sa proie dans sa deuche. La buée sur les vitres de la Citroën l'isolait du reste du monde. Avec nervosité, il serrait son Mauser C96 entre les mains. Pour cette sortie, il avait fixé la crosse en bois, ce qui le rendait plus stable et donc plus précis à moyenne distance. Mais ce dont il était fier se trouvait au bout du canon. Pendant deux jours, il avait confectionné un silencieux et réussi à l'adapter à son arme. Il l'avait ensuite testée dans sa cave et le résultat s'était avéré plus que convenable. Si les annotations du commissaire étaient exactes, sa cible n'allait plus tarder à arriver.

Pour plus de sécurité, l'armurier avait recherché les coordonnées de l'avocat dans l'annuaire. Il n'avait pas trouvé son adresse personnelle, mais celle de son cabinet. Dans la matinée, il s'y était pointé et avait fait un tour de reconnaissance à pied dans le parking privé de la résidence. Les dieux de la vengeance l'accompagnaient. Bien délimitée par deux bandes blanches, une place portait le nom de l'avocat. Il lui suffisait alors d'attendre sa venue. Peu de temps après, une grosse Mercedes 280 SE blanche y stationna et un type en complet veston noir, cravaté comme un notable, en descendit. Èlissalde détailla l'homme avec des yeux pleins de haine. S'il avait été armé à ce moment-là, il aurait vidé un chargeur entier. Mais sa silhouette, son allure et son visage restèrent imprimés dans son cerveau à jeun.

De puissants phares vinrent frapper la lunette arrière de la 2 CV. Nerveusement, Beñat se retourna et constata que la grosse Allemande de l'avocat faisait son entrée dans le parking. À cette heure et avec ce temps, le trafic était limité et il ne faisait aucun doute qu'il s'agissait bien de sa cible. Il en eut la confirmation en voyant la silhouette s'avancer vers lui. Même prise dans un épais manteau sombre et tenant un grand parapluie, il s'agissait bien de Courtois. Suivant un plan établi à l'avance et répété maintes fois dans sa tête, Beñat démarra sa voiture et laissa le notable le dépasser. L'avocat ne se doutait de rien. L'armurier glissa vers la place passager, souleva la vitre à battant et glissa le bout du canon de son arme. Courtois avait traversé la rue du 8-Mai-1945 et s'engageait sur la place déserte. Èlissalde cala bien la crosse du Mauser contre son épaule et le pointa sur sa cible. Son pied gauche appuya sur la pédale de l'accélérateur ce qui eut pour conséquence de faire un boucan digne d'une partie de tous les diables. Il vida ses poumons, bloqua sa respiration, et appuya sur la queue de détente. Le premier projectile atteint sa cible au niveau de la nuque. Un autre traversa la tête de l'avocat, semant un désordre indescriptible dans le cours de ses pensées. L'homme de loi tomba au sol comme un fruit trop mûr. Beñat tira à lui le canon du Mauser, referma la vitre et se positionna rapidement derrière le volant. Pris d'un tremblement dû à l'excitation du moment, il enclencha la première et démarra lentement. Il eut juste le temps de voir les serveurs du Majestic se précipiter sur la dépouille inanimée de Courtois et s'engagea en direction de la D810. Il n'arrivait pas à contrôler la respiration saccadée qui soulevait sa poitrine. Nerveusement, il passa le revers de sa main sur le pare-brise pour enlever la buée et faillit griller un feu bien mûr. Il devait se calmer. Il profita de cet arrêt forcé pour ranger son arme sous la banquette et expira bruyamment l'air de ses poumons à plusieurs reprises. Son cœur aussi jouait un air endiablé à base de percussions. Il jeta un regard de bête dans son petit rétroviseur et n'y constata rien d'anormal. Il devait quitter Saint-Jean au plus vite et rejoindre Bayonne.

Les essuie-glaces passaient et repassaient, peinant à chasser l'eau qui s'écrasait sur le pare-brise, mais il était sauvé. Pour le moment. Il venait de laisser Bidart sur sa gauche et filait vers Bayonne. Une idée l'embarrassait. Il n'avait pas pu avertir sa victime, *ce fumier qui avait monté le coup du Lyonnais, le responsable de la mort de son frère*. Le diable à son entrée en enfer s'en chargerait bien. Tout allait bien, mis à part cette foutue pluie qui rendait la visibilité difficile avec tous ces phares en face.

*

Il ne sera pas dit que cette soirée aura été sans intérêt pour Olazagasti. Non seulement on lui avait dégommé son bras droit, conseiller principal et ami, mais en plus, un commando amphibie venait d'envoyer un de ses cargos par le fond. À bord d'un Zodiac moteur éteint, trois hommes s'étaient laissés dériver jusqu'à atteindre la coque du navire amarré non loin du *Sirius*. Aux alentours de deux heures du mat, l'un d'eux s'était immergé en silence dans les eaux noires et glacées de l'Adour. Sans être inquiété, il avait alors plongé en dessous de la ligne de flottaison pour placer non loin de la poupe une mine magnétique. Ayant réglé le programmateur sur une demi-heure comme indiqué par son patron, il avait ensuite rejoint ses complices. Toujours dans le silence le plus complet, ils s'étaient éloignés pour débarquer à un coin désert du quai où une BMW 520i immatriculée dans le 33 attendait. Ils sortaient de la zone portuaire quand une formidable explosion ébranla le quartier. Une colonne de fumée noire se mêla au vent affolé et détrempé. Le *Sirius* s'était rapidement couché à bâbord, entraîné par une importante voie d'eau dans ses cales.

C'est sûr qu'il allait moins bien flotter maintenant.

*

Le Bordelais buvait du petit lait. Son opération commando était une réussite.

Il se fit répéter plusieurs fois le déroulement de l'opération. Il jubilait au téléphone. Tout s'était passé comme il l'avait imaginé. Du grand art ! Il regrettait de ne pas avoir assisté à ce spectacle, mais un général se doit de rester en arrière pour diriger son armée en campagne. Il aurait voulu voir la bobine du Basque à l'annonce de la nouvelle. Quelle leçon ! *Il y réfléchira à deux fois avant de me dégommer du bonhomme.*

Après le petit lait, il se servit un ballon de Fine Champagne, Cuvée de l'Empereur.

— Les gars, après un coup pareil, le bouffeur d'axoa va se tenir à carreau. Croyez-moi, on n'est pas près d'entendre parler de lui. Lui et ses hommes vont être tricards au-delà de l'Adour.

Le regard de l'Intello en disait long sur ce qu'il en

pensait. Pour lui, ce raid maritime ne signait pas la fin des hostilités. Olazagasti n'allait pas en rester là et avec l'arsenal dont il disposait, ça allait brasser sévère en Aquitaine.

30

Biarritz, 5 h

Olazagasti avait la tronche des mauvais jours. Son ami, son frère s'était fait repasser comme un vulgaire faisan et le fleuron de sa flotte gisait à moitié immergé dans le port de Bayonne.

— Qui ? Qui a osé ? hurla-t-il. Pour le *Sirius*, ça ne peut être que cet empaffé de Bordelais, mais pour Courtois ?

Etchegaray haussa ses épais sourcils et parut désolé. Il ne savait pas.

— Un cargo, je m'en fous, ça se renfloue, mais Courtois… ça, ça me reste en travers. Je lui avais bien dit de se méfier et de changer ses habitudes.

Depuis un certain temps, tout allait de travers. Depuis la mort de Rodriguez, tout foirait. Certes, il avait descendu une gâchette de chez Vidal, et ça au milieu de son territoire, mais son piège pour éliminer Mendiola était tombé à l'eau et maintenant on le privait de son plus fidèle conseiller et de son navire amiral. Ça ne pouvait pas durer.

— Mets tous les gars sur le coup, arrose sans compter, mais je veux connaître l'empaffé qui a fait ça.

Etchegaray opina du chef.

— Ah, autre chose, mets-moi quelques hommes de plus autour de la maison. On ne sait jamais, des fois que le Bordelais aurait des prétentions. Laisse-moi, il faut que je réfléchisse aux représailles.

— Bien patron.

L'armoire basque se retira sans rien ajouter. Ce n'était pas un bavard l'Etche, son physique à lui seul suffisait à exprimer ce qu'il désirait, ou pas, et ses poings étaient souvent le prolongement de sa pensée.

*

Commissariat de Bayonne

Ça y était, ça bougeait enfin. Cette fois-ci, la sauce prenait. Cet enfoiré de Courtois avait été abattu. Marty tirait sur sa Gitane, un large sourire aux lèvres, seul dans son bureau. Depuis le temps qu'il l'avait dans le collimateur… Le commissaire jubilait. Il ne fallait pas chercher très loin pour savoir qui l'avait descendu. Le boutiquier était revenu aux fondamentaux. Fini le bricolage. Le plombage à coup de flingue, voilà qui était traditionnel, et quoi de plus beau que les traditions ? On l'aura compris, Marty n'était pas un furieux du progrès et des nouvelles méthodes de la jeune génération. On toqua à la porte. Il lança un *oui* des plus aimables. Maillard fit son entrée.

— Je reviens de Saint-Jean...

— Alors ? coupa net Marty avec un large sourire.

— Eh bien, maître Courtois a fini sa carrière avec deux balles de 7,63 dans le buffet.

— Deux ? s'étonna le commissaire.

— Oui, histoire sans doute d'être sûr du résultat.

— Un pro, quoi ?

— Certainement. Ah, autre chose, c'est bien la même arme qui a dessoudé Rodriguez.

— On sait laquelle ?

— Et c'est là que ça devient bizarre. Les gars du labo pensent qu'il s'agit d'un Mauser C96 Conehammer...

— Un quoi ?

— Un flingue allemand produit dès la fin du XIXe siècle...

— Qu'est-ce que tu me racontes là ?

— Les gars en sont à peu près certains. Ils ajoutent même que celui utilisé doit être un pétard de 1916 avec crosse amovible. Courtois s'est fait descendre à plus de cinquante mètres. On a retrouvé les douilles sur le parking.

— Sinon, d'autres indices ? demanda Marty avec plus de sérieux.

— Non, si ce n'est une tache d'huile juste à côté

des douilles. On peut penser que le tireur a shooté depuis la fenêtre de sa voiture, le coude bien calé sur le bord de la fenêtre ouverte. Ce qui est amusant, c'est que la caisse de l'avocat est garée juste à proximité. Il a dû passer devant son assassin avant de se faire affaler un peu plus loin.

— Pas si bête. En le descendant sur la place tout en restant sur le parking, ça lui laissait le temps de partir tranquillement une fois son coup accompli.

— Sans compter qu'à cette heure, avec le temps de chien qu'il faisait…

— Personne n'a rien vu ni rien entendu ? demanda le commissaire.

— Non, rien.

— Très bien. Enfin… Je veux dire dommage. Et pour le cargo, le *Sirius* ?

— Une explosion sous la ligne de flottaison. Sûrement une mine à minuterie. Les plongeurs cherchent des indices.

— Ça, c'est un coup du Bordelais. Et Mendiola, des nouvelles ?

— Non, rien.

— Il a dû se mettre au vert. À Bayonne ou à Anglet, le climat devient malsain pour lui. Avec Olazagasti sur l'arrière-train.

— C'est sûr. Bon, j'y retourne.

Maillard quitta le bureau, laissant son supérieur en pleine réflexion.

Le boutiquier avait bien travaillé, mais pourquoi

diable utiliser une telle arme ? Ne pouvait-il pas utiliser un banal 11,43 ? Vraiment ce gars-là était une plaie. À force de jouer au con, il allait finir pas se faire serrer. Ou pire. Maintenant que la guerre entre les trois gangs était bien engagée, il n'avait plus besoin de continuer ses opérations de vengeance. Il fallait que le policier trouve quelque chose pour l'en dissuader. Il restait encore quelques noms sur la liste soi-disant égarée et à force de semer des petits indices, l'Èlissalde allait finir par se faire coffrer. Comment faire ? Il devait le rencontrer au plus vite et arrêter le carnage.

*

Biarritz, le même jour

Pour l'Apothicaire, le climat de la Côte basque devenait malsain. Mendiola en vie signifiait que son existence ne tenait maintenant qu'à un fil. Le Croque-mort n'était pas homme à rester sans réagir après une trahison pareille. Il devait décarrer au plus vite. Mais pour choper la fille de l'air, il lui fallait de la fraîche, de quoi voir venir du côté de la Polynésie par exemple. Les palmiers, le sable chaud et quelques vahinés dans le paddock, ça ne s'improvise pas. Il ouvrit son coffre, admira un instant les piles de billets et en vida le contenu dans un grand sac de sport. Pour les sapes, il verrait sur place. Pas le moment de perdre du temps. Il enfila une veste, un manteau demi-saison et se dirigea vers la porte d'entrée.

En l'ouvrant, son cœur lui monta à la gorge. Devant lui se tenait Mendiola en personne avec un sourire de foldingue. À ses côtés, deux hommes au faciès de psychopathe ahuri faisaient office de gardes du corps.

— Alors, tu nous quittes sans même un au revoir ? railla le Croque-mort de sa voix d'outre-tombe.

— Écoute Mendiola, je vais t'expliquer, bredouilla l'Apothicaire, il m'a forcé… C'est Olazagasti… J'avais pas le choix…

— Pas le choix…, répéta calmement Mendiola, j'ai déjà connu cette situation, je te comprends, tu sais.

L'Apothicaire se sentit presque rassuré par ses paroles.

— J'ai là de quoi te dédommager, tenta-t-il en montrant son sac.

— C'est bien, sourit Mendiola. Tu vois, tout s'arrange.

Il y eut un léger déclic, un éclair devant les yeux du pourvoyeur de dope et une douleur intense au niveau de son ventre. Ses yeux s'arrondirent et sa bouche resta muette. La lame du cran d'arrêt se retira d'un coup pour se planter à plusieurs reprises dans le buste de la malheureuse victime. Les deux compères du Croque-mort ricanaient comme des bossus, sensibles à l'humour somme toute assez potache de leur chef. Lui aussi partit d'un rire qui aurait filé les foies à une hyène adulte. Comme toutes les choses ont une fin, même les meilleures, l'Apothicaire finit par s'écrouler aussi mort qu'il le pouvait. Un peu déçu par cette fin rapide, Mendiola se contenta d'essuyer sa lame sur le manteau de la victime et se saisit du sac. Il ne devait pas trop traîner à Biarritz car, il le savait, sa tête était mise à prix par le parrain basque.

*

Biarritz, 15 h

Olazagasti cherchait le moyen de se venger des pertes de la veille. Le Bordelais devait payer, mais comment? Attaquer sa ferme forteresse dans les Landes paraissait impossible. Il s'y était retranché avec tous ses hommes et se tenait prêt à repousser toute attaque surprise. Non, il fallait frapper ailleurs. Là où ça faisait mal.

— Et si on rasait son château à pinard ? Il paraît que c'est toute sa fierté, lança-t-il le regard vachard.

Salaberry, le comptable du parrain, affecta une moue dubitative.

— Je le connais, il est énorme. Jamais on ne pourra y faire grand mal. En plus c'est un monument du XVIIIe siècle, ça passerait mal dans la population.

— Oui, alors que moi, on peut me couler mon navire amiral, tout le monde s'en fout!

— Non, par contre, si vous voulez faire mal au Bordelais, il y aurait peut-être bien un truc à faire du côté de ses nouveaux chais.

— De quoi ?

— Des bâtiments tout neufs, où il stocke et fait mûrir son vin. Il paraît que ça lui a coûté un bras. Sa grande fierté…

— Ah oui ? sourit Olazagasti méchamment, tu vas voir ce qu'on va en faire de sa fierté et de son picrate de prétentieux. Envoie des gars là-bas avec un camion bourré d'explosifs. Je veux qu'il n'en reste rien. Pour maître Courtois, on verra plus tard, mais là, ça sera du velu, du féroce !

On frappa alors à la porte. Le Basque aboya un *Entrez !* qui résumait assez bien son humeur. L'huis s'entrouvrit et Zubiberri fit son entrée à pas feutrés.

— Oui, qu'est-ce qu'il y a ? aboya son patron.

— Ben voilà… C'est au sujet de l'Apothicaire…

— Eh ben quoi, qu'est-ce qu'il a l'Apothicaire ?

— Il s'est comme qui dirait fait repasser par Mendiola.

— Ah, le fumier, il ne perd pas de temps celui-là ! Je lui avais pourtant dit de se mettre au vert, le temps qu'on règle son compte au Croque-mort.

— La bonne nouvelle, patron, c'est qu'on a pu repérer Mendiola à la sortie de Biarritz. Là, on n'a pas pu l'intercepter, il était avec des gars à lui en moto, et puis il y avait trop de monde.

— En gros, vous l'avez laissé filer.

— Non, on l'a floché et on a réussi à le loger, répliqua Zubiberri avec fierté. On sait maintenant où il crèche avec sa bande de fêlés.

— Oui, et c'est où cette crèche ? s'impatientait le Basque.

— À Bidarray, patron, dans une ferme un peu retirée.

— Quand j'y aurai fait une visite, il n'y aura plus rien à retirer, crois-moi. Dis à Etche de monter une équipe de costauds, on va faire un tour dans l'arrière-pays.

— Et pour Bordeaux ?

— On maintient ! La vache, ça va bâcher comme jamais ! Ils vont comprendre, tous, ce que c'est qu'un Basque en colère ! Eh bien, qu'est-ce que vous attendez vous autres ?

31

Commissariat de Bayonne

Maillard tentait une tête dans l'embrasure de la porte du bureau du commissaire. Ce dernier s'apprêtait à rendre visite à Èlissalde.

— Patron, il y a une dame pour vous.

Son supérieur releva la tête de ses papiers et jeta un regard sceptique à son adjoint.

— Une dame ?

— Oui, et pas qu'à moitié, répondit-il avec un sourire et un regard admiratifs.

Toujours dubitatif, Marty lui lança sans conviction :

— Fais entrer.

Maillard disparut un instant et une nouvelle silhouette se dessina dans l'encadrement de la porte. Tout s'arrêta chez Marty, y compris le temps. Sa bouche s'entrouvrit sans pouvoir laisser échapper le moindre son. Si souvent mi-clos, ses yeux s'écarquillèrent laissant apparaître deux soucoupes prêtes à l'envol.

— Toi ? laissa-t-il échapper presque malgré lui.

Devant lui se tenait Nicole. De sa jupe serrée s'échappaient de longues jambes gainées de nylon qui rejoignaient tout en finesse des escarpins à talons hauts. Marty ne put s'empêcher d'en suivre les courbes exquises. À partir de la taille prise dans une ceinture assortie aux souliers vernis, un tailleur prenait le buste de cette apparition laissant deviner une poitrine généreuse. Un manteau de vison négligemment ouvert complétait cet inventaire. Elle se tenait là, souriante, une main posée sur la hanche comme si une nuée de photographes allait débarquer. Quand son parfum capiteux finit par atteindre Marty, il reprit quelques-uns de ses esprits.

— Que fais-tu là ? s'étonna-t-il dans un état que l'on pourrait qualifier de second, même si à ce sujet, on n'a jamais su ce que représentaient les états qui suivaient ou même celui qui précédait.

— Je passais dans le quartier et j'ai eu envie de te voir, de parler.

Elle se tenait toujours à l'entrée du bureau dans sa pose de star du grand écran. Ses yeux bleus se plantaient sans détour dans ceux du fonctionnaire de police.

— Entre ! proposa-t-il en se levant péniblement de sa chaise.

Obéissant à l'ordre du metteur en scène, enfin, de

Marty, elle s'avança en mesurant chacun de ses mouvements. Le commissaire ne pouvait détacher son regard de cette bouche carmin qui lui souriait avec une sensualité à déniaiser un prédicateur chiite.

— Assieds-toi.

Là encore, elle obéit docilement. Elle croisa ses jambes et dévoila le bout de ses genoux. Marty souffla à ce spectacle. Nicole n'était pas mécontente de l'effet qu'elle faisait toujours à son ancien amant. D'ailleurs, cet effet-là, elle le déclenchait à peu près chez tous les hommes, pour peu qu'ils soient intéressés par la gent féminine. Marty faisait sans aucun doute partie de ceux-là. Il recouvra ses esprits.

— Si tu me disais plutôt ce que tu viens faire ici.

— Je te l'ai dit, évoquer le passé, se souvenir…

— Journée de commémoration en somme.

— On a quand même été heureux ensemble, non ?

— Mais à un moment, comment te dire, j'ai l'impression, dis-moi si je me trompe, qu'on a viré dans le psychodrame.

— Ta façon aussi de tout dramatiser.

— Permets-moi de te dire, Nicole, que tu ne manques pas de culot. Dois-je te rappeler que tu m'as tout bonnement laissé tomber pour l'autre gangster.

— Gangster…, reprit-elle en faisant la moue.

— Oui, gangster, et de la pire espèce.

— Oh écoute, s'emporta-t-elle, un jour il m'a abordée boulevard du Général-de-Gaulle.

— Comme ça, par hasard ? coupa le commissaire agacé.

— Il était dans sa voiture, poursuivit-elle toute souriante, presque émue.

— Une Traction, je suppose, ironisa-t-il.

— Non, une Bentley.

— C'est vrai que pour aborder, c'est mieux.

— Tu vois, tu es d'accord avec moi.

Ne voulant pas trop se découvrir côté colère, Marty enchaîna :

— Et ensuite ?

— Il m'a proposé d'aller voir la mer…

— L'océan !

— Je ne sais pas, mais je crois qu'il a bien parlé de mer.

Le policier ne put s'empêcher de faire rouler ses yeux. Tenir, encore quelques minutes, ne pas craquer, ne cessait-il de se répéter.

— Enfin, bref, reprit-elle avec enthousiasme, toujours est-il qu'on la voit rudement bien la mer depuis la terrasse de la suite de l'hôtel du Palais.

— Tu m'étonnes, marmonna-t-il entre ses dents serrées.

— Et puis, j'aime autant te dire que le homard, ça change du cassoulet. J'adore !

— Et c'est pour ça que tu as couché avec lui ?

Marty la fusillait du regard, mais rien n'effaçait le petit sourire ingénu de la belle blonde.

— Ben oui, et aussi à cause du champagne servi

dans un seau d'argent. Que te dire de plus ? Le lit était très confortable et le room-service impeccable.

— Eh oui ! que demander de plus ? soupira Marty presque assommé par cette discussion.

— Ensuite, il m'a proposé un voyage aux Bahamas. Tu connais Nassau ?

— Non.

— Oh, c'est autre chose que Castelnaudary, tu peux me croire, même si là-bas, on a aussi passé du bon temps. C'était quoi déjà le nom de l'hôtel ?

— L'hôtel du Canal.

— C'est ça ! Tu vois, ça fait tout de suite moins exotique. Tandis que les Bahamas…

— Bon, dis-moi, si tu me disais ce que tu fais vraiment ici. Non parce que tes souvenirs de la mer des Antilles…

Sa main droite s'agita nerveusement au niveau du front pour bien signifier son irritation.

— Eh ben voilà, enchaîna-t-elle avec une moue contrariée, Vixentou est, comme qui dirait, éparpillé en ce moment. Il n'est pas vraiment à ce qu'il fait… Si tu vois ce que je veux dire.

— Abus d'axoa ? tenta-t-il d'ironiser.

Dans le fond, cette visite commençait à l'intéresser. Tout ce qui touchait au dysfonctionnement métabolique d'Olazagasti ne pouvait le laisser indifférent.

— Non, il n'en mange presque jamais.

Tant de beauté gâchée par tant de bêtise, le monde est bien mal équilibré, pensa-t-il en levant les yeux au plafond.

— Non, j'ai l'impression qu'il a des soucis.

— Du genre ?

Cette fois-ci, son sourire se fit plus féroce.

— Plusieurs de ses employés sont morts et de façon violente, si j'ai bien compris.

— Les aléas de ce genre de métier, que veux-tu que j'y fasse ?

— Je ne sais pas, mais ton nom revient parfois dans les discussions avec ses hommes.

— Comme par exemple ?

— Je ne sais pas si j'oserais ?

— Ose, n'hésite pas.

— Connard... Enfoiré... Et plein d'autres adverbes.

— Qualificatifs...

— Si tu veux, je ne connais pas tous les mots grossiers, mais en tout cas Vixentou semblait être vraiment remonté contre toi. Il ajoute souvent que tu es un gros nul, incapable de faire respecter la loi.

Cette fois, Marty ne put s'empêcher de sourire. Il est des nouvelles qui font chaud au cœur et qui valent toutes les médailles. Les soucis neuro-techniques évoqués par Nicole lui remontaient le moral.

— Il ne dort presque plus ou alors avec un révolver sous le traversin ! La femme de chambre a failli y passer en faisant le lit. Le coup est parti.

— Bon, au risque de me répéter, que veux-tu que j'y fasse ?

— Je ne sais pas, que tu arrêtes ces méchants Bordelais. Que tu n'embêtes plus mon Vixente.

— Entendu, je vais voir ce que je peux faire, dit-il en se levant.

La blonde explosive se leva à son tour avec grâce et sourire, puis elle ajusta son manteau.

— Henri, tu es un chic type. Je n'en ai jamais douté, et question hommes, j'en connais un rayon.

— Je n'en doute pas !

D'un coup, le visage de Nicole se referma, presque triste.

— Surtout, ne va pas croire les ragots que l'on raconte sur moi et notre chauffeur.

— J'étais pas au courant. Le chauffeur, celui qu'on a retrouvé noyé du côté de Socoa ?

— Oui, le pauvre malheureux. Quel terrible accident !

— Eh oui ! se baigner avec des parpaings en guise de bouée…

— Ah, je ne connaissais pas ce détail. Enfin peu importe, il ne s'est jamais rien passé entre lui et moi. D'ailleurs, si Vixente avait soupçonné quoi que ce soit, il en aurait été gravement contrarié.

— Ce qui n'a pas été le cas ! ironisa-t-il tout en savourant sa pique.

— Eh non ! puisqu'il n'y avait rien.

— Bon, c'est pas que je m'ennuie, mais j'ai une tonne de travail à terminer.

Il lui tendait sa main.

Toujours en mesurant ses gestes, elle s'approcha

de lui et déposa un long baiser sur la bouche de son ancien amant. Le cœur du policier s'affola alors que le reste de son corps restait paralysé.

Après cet instant de sensualité intense, Nicole fit un pas en arrière et lui sourit tendrement.

— En souvenir du passé. Allez ciao, bourreau des cœurs !

Et elle disparut.

Fin de la séquence.

Quand Maillard fit son entrée dans le bureau, il trouva son patron planté comme un feu tricolore. Il ne put s'empêcher de ricaner.

— Quoi ? s'énerva Marty.

— Vous avez encore du rouge à lèvres, là.

Il signifiait sa propre bouche l'air goguenard.

Agacé, le commissaire passa sur la sienne le revers de sa main. Puis, il lança de façon autoritaire :

— Bon, où en sommes-nous ?

32

Bidarray, 18 h

Les hommes d'Olazagasti avaient réussi à cerner la vieille ferme isolée sans se faire repérer. Le Basque en personne dirigeait les opérations. Il remplissait ses poumons de cet air frais qu'il appréciait tant. Il se mêlait aux senteurs automnales. Toute son enfance passée dans ces montagnes lui revint. Il ne possédait alors pas grand-chose, mais quand il gardait les moutons ou déjouait les pièges des gabelous, il était réellement heureux et libre. Le décor était à peu près le même que celui qui l'entourait aujourd'hui et une sorte de nostalgie le prit. Les yeux mi-clos, il souriait béatement.

— On fait quoi maintenant, patron ?

La question d'Etchegaray le fit revenir rapidement à la réalité. Son visage se rembrunit.

— On massacre !

La réponse avait l'avantage d'être claire. Nul ne pouvait se tromper sur son interprétation.

— Ces imbéciles sont tous à l'intérieur, sûrement massés autour de la cheminée.

— Des urbains ! lâcha Olazagasti avec mépris. Qu'on en finisse !

Deux hommes armés chacun d'un Panzerfaust[12] s'avancèrent un peu en avant. Une fois en position, ils se retournèrent vers leur patron. Il abaissa d'un coup son bras et deux projectiles s'échappèrent à grande vitesse. Le premier fracassa la porte, l'autre la fenêtre. Les explosions qui suivirent furent terribles. De grands panaches de fumée s'échappaient de la maison qui commençait déjà à prendre feu.

— Ça les réchauffera, ces minables ! plaisanta le Basque avec délectation.

Les rares rescapés de la première attaque sortaient de la ferme en titubant. Bien mal leur en prit. Une AA52[13], positionnée juste en face de la seule issue praticable les faucha sans pitié. Même ceux qui tentaient de lever les mains en signe de reddition n'échappèrent pas aux balles. Un carnage, une boucherie, comme l'avait annoncé Olazagasti.

Contre toute attente, la Cadillac, avec Mendiola au volant, surgit d'une grange. Faisant voler en éclat les deux ventaux, elle s'engagea à grande vitesse dans

12. Lance-grenades antichars sans recul produit en Allemagne (1942).
13. Arme automatique (mitrailleuse) ; 900 coups/minute (1952).

le chemin qui descendait la colline. Le Basque sourit et arracha un Panzerfaust des mains de l'un de ses hommes. Prenant son temps pour ajuster son tir, il finit par libérer le projectile qui fila à grande vitesse vers sa cible. La suite fut sans surprise. Une terrible explosion pulvérisa la belle Américaine et son occupant.

— T'as le bonjour de Vixente ! s'exclama Olazagasti ne perdant rien du spectacle. Bon, on décroche. Tournée générale ! C'est moi qui régale !

S'étant assurés qu'il ne restait aucun survivant, les derniers hommes du Basque quittèrent le champ de bataille avec la satisfaction du travail bien fait.

*

Biarritz - villa d'Olazagasti, 21 h

Le champagne et le whisky étaient de sortie. Le grand salon ressemblait à un dessin d'Hergé, pas une gonzesse en vue. Tous levaient leur verre au succès de l'opération Mendiola. Les jeunes voyous avaient pris cher, très cher. Avec un large sourire, Olazagasti ne se lassait pas de se remémorer la bataille.

— Je ne pensais pas qu'après toutes ces années les Panzerfausts étaient aussi efficaces. Oh la bagnole du Croque-mort !

À cette évocation, tous éclatèrent de rire.

— Et quand on a ouvert le coffre à l'intérieur de la ferme... *Ostia*, tous ces biftons qui attendaient là tranquillement qu'on les ramasse ! Bon, il ne sera pas dit que je vous oublie sur ce coup. Une petite prime, qu'est-ce que vous en dites ?

Tous s'enthousiasmèrent à cette proposition.

— De la part de feu Mendiola. Que le diable l'emporte celui-là ! Allez, santé !

Il leva son verre, imité bien vite par tous ses hommes. Puis, d'un air plus grave, il se pencha vers Etchegaray :

— À propos, ils en sont où dans le Bordelais ?

— Les charges sont posées et aucune chance qu'elles soient découvertes avant demain. Les gars n'attendent que votre feu vert.

— Attendons un peu, rien ne presse. Vidons d'abord ces bouteilles, nous en ouvrirons d'autres pour fêter la mise en orbite du chai du Bordelais.

Son bras droit sourit à cette perspective. Tous trinquèrent à nouveau si bien que nul ne remarqua l'entrée d'un nouveau venu dans la pièce. C'était Peyo Arizmendi, un petit dealer qui traînait ses grandes oreilles un peu partout sur la Côte basque. Avec son physique insignifiant, il n'attirait pas l'attention et pouvait capter sans problème toutes les conversations intéressantes ou ayant un intérêt quelconque pour Olazagasti. Certaines mauvaises langues disaient aussi qu'il servait de tonton aux poulets de Bayonne. Avec sa discrétion habituelle, il se faufila à travers la masse imposante des porte-flingues, bifurqua devant le buffet et glissa directement vers le

Basque et son bras droit.

— Tiens, qu'est-ce que tu fais là, toi ? Je t'avais invité ?

— Non, monsieur, et croyez-le, je suis absolument désolé de vous déranger en pareilles circonstances.

Non seulement Arizmendi avait des grandes oreilles, mais il pratiquait la veulerie et l'obséquiosité avec une aisance remarquable.

— Si je me suis permis, c'est que j'ai une information qui pourrait vous intéresser.

— Ah bon, à quel sujet ?

— Des regrettées disparitions de monsieur Rodriguez et de maître Courtois. Ah, quels hommes de qualité ils étaient…

— Abrège. Aux faits !

— Eh bien voilà, j'ai entendu dire comme ça, par le plus grand des hasards, que ces odieux assassinats avaient été perpétrés par la même arme.

— Et alors ? répliqua Olazagasti avec une indifférence affichée.

— Et c'est là que ça devient intéressant, sourit le dealer avec servilité. Le calibre était un 7,63.

— La belle affaire.

— Un 7,63, tu en es certain ? insista Etchegaray, intrigué.

— Pour sûr, et je peux même ajouter que l'arme est un Mauser Cone hammer C96, hacha-t-il en lisant dans le creux de sa main.

Les yeux du géant basque s'arrondirent d'un coup.

À croire que son cerveau venait d'être piqué par une info incroyable.

— Qu'est-ce que t'as ? s'étonna son patron, tu veux un verre d'Izarra ?

— Surtout pas ! Enfin, je veux dire, je ne connais qu'une seule arme pareille et en état de fonctionnement dans tout le 64.

— Ah bon ? Et à qui appartient-elle ? demanda Olazagasti subitement intéressé.

— Vous permettez, patron ?

Sans prendre la peine d'attendre réellement la réponse de son boss, Etchegaray leva la paluche en direction des convives et en cibla un en particulier.

— Narboni, arrive !

Le tenancier de la Pixuli les rejoignit immédiatement.

— Dis-moi, tu peux me rappeler comment était le gars qui a demandé après Rodriguez avant qu'il ne se fasse buter ?

— Oui, sans problème, s'étonna le cabaretier. La vérité ? La cinquantaine, pas très grand, le visage comme une olive pas très mûre... Enfin, vous comprenez, arrondi quoi ! Un peu flasque et puis le regard de celui qui ne tète pas que du jus d'orgeat. Ma parole, le parfait blaireau.

— C'est le même ! s'exclama Etche. Putain, c'est lui !

— Tu peux nous éclairer ? somma Olazagasti.

— Je sais qui a buté Rodriguez et maître Courtois.

— Comment ? Tu en es sûr ?

— À peu près ! La vache, ça ne peut être que lui.

— Eh bien, convoque-le moi fissa ! J'aurais quelques mots à échanger avec lui.

— Maintenant ?

— Je veux, et tâche de faire en sorte qu'il soit en capacité de parler.

Aussitôt la baraque basque héla deux balèzes. Avec de tels déménageurs, la livraison n'allait pas traîner.

33

Bayonne, 22 h

Marty n'avait pas vu le jour au commissariat. Après la visite de Nicole, différents inspecteurs et agents de la paix avaient défilé dans son bureau pour lui expliquer les circonstances de la mort de l'Apothicaire et plus tard de la fusillade à Bidarray. Ces deux nouvelles lui avaient fait plaisir. Une bande d'asociaux et un dealer de dope en gros éliminés, la journée était plutôt bonne. Mais quel boulot ! Que de paperasserie ! Les voyous ne s'imaginent jamais le travail qu'ils donnent. En début de soirée, il put enfin se libérer. Il en profita pour rendre une visite à Èlissalde. Il devait essayer de calmer ses ardeurs en matière de vengeance sauvage.

Il roulait à vitesse réduite dans la rue où habitait l'armurier à la recherche d'une place pour sa R16. Il remarqua une grosse BMW garée au milieu de la rue devant la boutique. Il fut intrigué. Tout à coup, sortant de la porte cochère, des hommes déboulèrent ; deux d'entre eux soutenant un troisième qui fut jeté sans ménagement à l'arrière de la berline. Aussitôt, elle démarra en trombe tous phares éteints.

Marty n'en revenait pas. Cette scène à laquelle il venait d'assister était simplement surréaliste ! Èlissalde venait tout bonnement d'être enlevé, et sous ses yeux encore. Que devait-il faire ? Même dans la pénombre, il avait reconnu deux des hommes d'Olazagasti. Le Basque avait fini par faire le lien entre les assassinats de Rodriguez et de Courtois, et le boutiquier. Comment ? Il se foutait bien de la réponse. Une chose devenait certaine, il n'allait pas tarder à le faire entre lui et toute cette affaire. Devait-il lancer un appel radio ? Il hésita. Il ne se lança pas non plus à la poursuite des *armuriernappers*. Il réfléchit derrière le volant de sa Renault. Que pouvait-il faire ? Que devait-il faire ? Il décida d'appeler tous ses indics avant d'agir. *Putain, non, mais quel con cet Èlissalde !*

*

Biarritz

Quand Olazagasti pénétra dans la pièce en soussol, il découvrit Èlissalde entravé à une chaise. Son œil droit avait viré au bleu sombre et ses pommettes gardaient en mémoire les questions posées avec insistance par Etchegaray.

— Tu sais qui je suis ? aboya le truand en chef.

Le boutiquier se contenta de répondre par la négative en secouant mollement la tête.

— Olazagasti, ça te dit quelque chose ?

Ce nom lui fit l'effet d'un électrochoc. Malgré la douleur qui irradiait sur tout son visage, il parvint à relever la tête. Même à moitié fermé, son œil droit jeta un regard qui traduisait bien le fond de sa pensée. Le Basque en fut satisfait. Il sourit, porta son Montecristo aux lèvres et tira une grande bouffée.

— Maintenant que les présentations sont faites, tu pourrais peut-être me dire pourquoi tu dégommes mes gars à tout va.

— Vous avez assassiné mon frère.

La diction n'était pas parfaite en raison du gonflement de sa lèvre inférieure, mais tous comprirent la teneur du message.

— Tu pourrais être un peu plus précis ? Non, parce que je ne te cache pas que je ne tiens pas un compte rigoureux de ce genre d'événements. Dans ma branche, on a tendance à ne pas trop s'attarder sur les détails.

— Ça s'est passé lors du hold-up du Lyonnais, parvint à articuler Beñat.

— Le Lyonnais ? s'étonna à voix haute Olazagasti, tu veux parler du casse foireux de la rue Fournier ? Parce que là, je t'arrête tout de suite, sur ce coup j'y suis pour rien.

La paupière gauche d'Èlissalde se leva légèrement,

laissant entrevoir une lueur de surprise.

— À propos, reprit le Basque, on en est où du côté des jeunes cons de Pau ?

— Vous voulez parler de feu les jeunes cons ? rigola Etchegaray avec un large sourire goguenard. Je ne sais pas ce qui est arrivé. Un de ces abrutis a dû jouer avec le gaz, parce que le bar où ils étaient réunis a été littéralement soufflé.

— Des survivants ?

— Pas un seul ! On n'est jamais assez prudent avec le gaz.

— Affaire close.

Èlissalde écoutait sans très bien comprendre ce que disaient son bourreau et Olazagasti. Le Basque souffla un panache gris et s'adressa à lui :

— Concernant les gars qui ont abattu ton frangin, t'as plus de soucis à te faire. Je m'en suis chargé.

Son regard se fit plus dur et son index menaçant.

— Par contre, j'aimerais assez savoir ce qui t'a fait croire que moi, honnête commerçant de Biarritz, j'avais pu commettre un tel acte délictueux ?

La bouche de Beñat s'agita un peu avant qu'un son audible ne puisse en sortir.

— Ce n'est pas vous qui avez…

— Ben non, alors qui t'a fourré cette idée dans le ciboulot ?

—… Le… commissaire…

— Le commissaire ? Quel commissaire ? s'énerva le truand en chef.

— Marty…

— Ah le fumier ! Ce salaud ne recule devant rien. Ah le vicelard ! Et toi, connard, tu l'as cru !

— Ben…

— À propos, coupa Olazagasti, ôte-moi d'un doute, ça ne serait pas toi des fois qui aurais électrisé Criticos ?

Beñat se contenta de hocher la tête.

— *Puñeta !* Et le massacre de Tarnos, c'était toi aussi ?

À nouveau, Èlissalde opina du chef.

— Je le finis, patron ? demanda Etchegaray avec enthousiasme.

— Non… Laisse-moi réfléchir.

Durant quelques secondes qui parurent interminables, le Basque fut plongé dans une profonde réflexion muette. D'un coup, comme s'il venait d'avoir une révélation divine, il écarquilla les yeux et s'adressa avec nervosité à son homme de poing :

— Etche, appelle tout de suite les gars dans le Bordelais et dis-leur de tout arrêter.

Sans chercher à comprendre, le balèze commença à quitter la cave quand il fut rappelé par son patron :

— Ensuite, appelle aussi Vidal, j'arrive.

Puis, il concentra toute sa mauvaise humeur sur Beñat :

— Toi, mon salaud, on n'en a pas fini tous les deux, ni avec ce fumier de Marty ! Vous autres, gardez-le moi au chaud. Demain, on va faire une petite virée touristique.

*

Commissariat de Bayonne, 6 h

Marty avait passé toute la nuit enfermé dans son bureau à passer des coups de fil à toutes les donneuses du Pays basque. Jusqu'à présent, rien de concret ne remontait. Le Lecteur avait bien entendu parler de l'enlèvement d'un armurier dans la nuit, mais n'en savait pas plus. Le cendrier sur le bureau débordait de mégots de Gitanes et les gobelets de café s'étalaient autour de la poubelle. Il pensa à Èlissalde. À l'heure actuelle, sans doute discutait-il avec les crustacés au large de la côte. Il s'en voulait de l'avoir manipulé ainsi. C'était juste un pauvre gars, un peu con, un peu naïf, mais il ne méritait pas un sort pareil. *La vache, qu'est-ce qu'il a dû manger !*

Que faire ? Effectuer une descente chez Olazagasti ? Ça ne donnerait rien, il le savait. Le Basque était trop malin pour laisser des indices qui pouvaient le mêler à tout ça. Serrer un de ses gars, comme Etchegaray ? Là non plus ça ne donnerait rien. C'étaient des coriaces.

— La sonnerie du téléphone le sortit de ses pensées.

— Commissaire ? Oui, Hannibal... Vous allez rire, l'armurier là, il est toujours en vie.

Cette nouvelle fit à Marty l'effet d'un grand verre de mezcal envoyé cul sec.

— Tu plaisantes ?

— Non, et je peux même vous apprendre une info en or. Mais là, il faudra vous montrer un peu plus généreux…

— Tout ce que tu veux, mais envoie !

— Eh ben, vous n'allez pas le croire, mais Olazagasti a donné rendez-vous au Bordelais pour discuter.

— Et il a accepté ?

— Un peu, mon neveu. Le Basque devait avoir de sacrés arguments.

Marty imaginait sans difficulté le genre d'arguments dont avait usé le caïd d'Iparralde[14].

— Et ce rendez-vous, tu sais où c'est ?

Le Lecteur eut un ricanement de satisfaction et c'est avec une délectation non dissimulée qu'il laissa durer le suspense.

— Vous n'allez pas le croire…

— Au point où j'en suis… Accouche !

— Au sommet de la Rhune.

— Tu déconnes ?

— Non. Le Basque s'est arrangé pour que le petit train soit mis en marche exceptionnellement en cette saison. Juste pour lui, ses invités, ses hommes et bien entendu l'armurier.

— Mais bon sang, pourquoi un tel lieu ?

— C'est le souhait du Bordelais. Il a demandé un coin isolé, mais dégagé. C'est vrai que là-haut ques-

14. Pays basque du Nord (Le Labourd, la Basse-Navarre et la Soule).

tion dégagement et isolement…

— Et à quelle heure, le rencard ?

— Midi pile.

— Bon sang, ça me laisse juste le temps de tout organiser.

— Là, c'est vous qui voyez. Bon, n'oubliez pas le retour d'ascenseur.

— T'inquiète pas pour ça.

Il raccrocha. Instinctivement, il s'alluma une Gitane et se perdit dans ses pensées.

*

Quand Marty déboula dans le bureau de Maillard, il se tenait debout face à son tableau. Tous les éléments des affaires de ces derniers temps s'y trouvaient, mais le jeune inspecteur n'arrivait pas à y intégrer la pièce principale : Beñat Èlissalde. Cette scène aurait pu amuser le commissaire, mais ce qu'il avait à annoncer était de la plus haute importance.

— Laisse tomber ton tableau à indices et préviens tous les gars qu'on a une intervention urgente à conduire.

Maillard le regarda avec stupéfaction.

— Il me faut aussi les renforts de la gendarmerie.

— Je peux en savoir plus ?

— On va coffrer Olazagasti et le Bordelais !

— Quoi ? Et pour quel motif ?

— Enlèvement, séquestration et… usage illicite du petit train de la Rhune. Allez, magne-toi. Je t'expliquerai tout ça dans la voiture.

34

Sommet de La Rhune, 12 h

Olazagasti piétinait la prairie au-dessus de la gare. Ses hommes l'entouraient. La brume s'était levée d'un coup, comme si le ciel ne voulait rien perdre de ce qui allait se dérouler. La vue était magnifique. La côte se dessinait, tirant son trait vers les Landes et son chapelet de communes : Saint-Jean-de-Luz, Guéthary, Bidart, Biarritz… Mais l'heure n'était pas à la contemplation. Le Basque s'impatientait.

— Mais qu'est-ce qu'il fout, ce con ? Et le boutiquier, il est bien au frais au moins ?

— Oui, patron, on l'a installé dans la salle du restau, confirma Etchegaray.

— Parfait. Je veux qu'il soit en forme pour raconter tout ce qu'il sait à Vidal.

— En forme, je ne sais pas, mais ça devrait le faire. Hé ! écoutez…

Un bruit de moteur semblait se rapprocher. Un avion ? se demanda Olazagasti. Un hélico ? Tous ses hommes scrutaient le ciel, mais rien n'apparaissait. Soudain, le son se fit plus fort et la silhouette d'une Alouette 2 se détacha de l'arrondi du massif. Les pottoks affolés se mirent à galoper dans tous les sens et les truands se courbèrent sous le vent généré par les pales. Les chapeaux s'envolèrent alors que l'hélicoptère se posait tout près du Basque et de ses hommes.

— Quel frimeur ! lâcha Olazagasti, furieux.

Il portait les mains à ses oreilles, tout en se retournant afin d'éviter la poussière qui volait. La turbine de l'hélico et les longues pales finirent par s'arrêter.

Derrière la verrière, Vidal s'amusait de l'effet que faisait son arrivée. Il félicita le pilote d'une tape dans le dos et commença à sortir.

Le sourire toujours au bord des lèvres, il rejoignit le Basque. Lui ne souriait pas du tout.

— Alors, lança le Bordelais, que penses-tu de mon dernier jouet ?

— Bruyant !

— C'est le progrès. Le transport ferroviaire, c'est du passé.

Il désignait d'un coup de tête le train en bois qui attendait dans la gare.

— À propos, désolé pour ton rafiot, si j'avais su.

— Te casse pas pour ça, un bateau, ça se renfloue et je suis bien assuré. À mon tour d'être désolé pour ton gars chez toi.

— Bah, le personnel, ça se remplace. En tout cas, merci de m'avoir indiqué où se trouvaient les charges dans mon chai.

— Il m'a semblé plus juste de le faire, compte tenu des nouveaux éléments. Alors, il n'est pas beau mon pays ?

D'un large geste, il désignait le panorama qui s'étendait autour d'eux.

— Oui, mais on s'y caille. Il est où l'autre enfoiré ?

— À l'intérieur, suis-moi.

Les deux caïds se dirigèrent vers les bâtiments, suivis de près par Etchegaray. Les autres truands restèrent à l'extérieur, en mission de protection.

En entrant dans la salle, ils trouvèrent Beñat ficelé sur une chaise. Il semblait avoir récupéré de sa nuit, même si sa discussion avec le Basque avait un peu entamé son enthousiasme. L'entrée des trois hommes n'y fit rien, il n'avait pas le moral.

— Alors c'est lui, l'enfoiré qui s'est permis ? lança le Bordelais sans aucun préambule, ni même un bonjour, ou un « *comment ça va ?* ».

Le Basque lui souriait, mais de là à y déceler de l'amabilité ou même de l'empathie, il y avait de la marge.

— Je te présente monsieur Vidal, il aimerait t'entendre au sujet de l'incident de Tarnos ?

— Mais je vous ai déjà tout expliqué, murmura Beñat faiblement.

— Oui, mais pas à mon ami. Allez, accouche !

— C'est le commissaire Marty qui m'a dit que ces messieurs de Tarnos avaient participé au hold-up du Crédit Lyonnais de la rue Philippe-Fournier.

— C'est quoi ces salades? s'étonna le Bordelais, tout le monde sait que ce sont des gars de Pau, des sortes de désœuvrés, qui ont fait le coup. D'ailleurs, je m'apprêtais à les corriger quand j'ai appris qu'ils avaient tous cramé dans l'explosion de leur QG.

— Oui, c'est moi, s'excusa presque Olazagasti, je ne pouvais pas laisser passer ça. Tu comprends, c'était sur mon territoire, en plein Bayonne et...

— Ah mais je ne te reproche rien. Tu as bien fait.

Puis se retournant vers Beñat :

— Et tu dis que c'est ce commissaire qui t'a désigné mes hommes comme coupables.

— Pour ainsi dire... Il y avait leurs noms, l'adresse et le jour de leur partie de cartes... Alors, vous comprenez...

— L'enfoiré! siffla Vidal.

— Attends, reprit Olazagasti, ce fumier lui a fait descendre Rodriguez, un garçon très gentil et compétent avec ça, et mon ami maître Courtois et je ne te parle pas du Grec qui végète à Saint-Léon le cerveau en vrac.

— Quand je pense qu'on a failli avoir des mots à cause de ce flic et de cette loque, s'indigna-t-il en désignant Beñat d'un coup de menton. Bon, tu le descends ou je m'y colle?

— T'es l'invité, à toi l'honneur. Moi, je me réserve

le flic ! Depuis le temps qu'il m'emmerde celui-là !

Èlissalde comprit tout de suite le déroulé prochain des événements. Il allait bientôt rejoindre son cher frère au paradis des boutiquiers. Il ne prit pourtant pas la nouvelle avec enthousiasme. Déjà, le Bordelais sortait son flingue de son manteau. Avec un sourire vache, il le pointa sur Beñat. L'armurier ferma les yeux. Sa tête bourdonnait. Tout l'environnement semblait s'éloigner. Il espérait ne pas souffrir. Il avait toujours détesté la douleur.

Un coup de feu claqua.

35

Le Bordelais hurla. Une douleur atroce dans l'omoplate droite lui fit lâcher son feu. Le Basque ahuri se retourna et découvrit Marty pointant son Smith et Wesson dans sa direction. À ses côtés se tenait Maillard, lui aussi l'arme à la main.

— Alors, Olazagasti, content de me revoir ? C'est ça, plus haut les mains. Èlissalde, vous pouvez ouvrir les yeux, c'est fini. Maillard, occupe-toi du doryphore, il a l'air de saigner.

L'inspecteur se rapprocha du Bordelais et l'aida à se redresser. Il en profita pour filer un coup de pied dans le Colt tombé à ses pieds. Le soutenant fermement, il l'entraîna vers la sortie. Lorsqu'il arriva à sa hauteur, le commissaire lui déclara :

— Tu vois, Vidal, tu as de la chance que je n'aie pas perdu la main. À quelques centimètres près, tu négociais ton entrée en enfer avec le diable.

Puis il porta toute son attention sur le Basque, dont le regard oscillait entre sidération et incompréhension.

— Plus haut les paluches, Olazagasti. Approche.

Le truand se retourna affichant sa tête des mauvais jours. Le policier reprit :

— Tu vois, je pourrais facilement t'en loger une. Je plaiderais la légitime défense et tout serait terminé. J'aurais plus ce poids qui me pèse depuis quinze ans.

— Eh ben vas-y connard ! vociféra Olazagasti comme un défi.

— Ne me tente pas. Tu mérites cent fois la mort avec tous ceux que tu as éliminés et détruits. Mais je ne te ferais pas cette faveur. Je veux te voir croupir dans une cellule pour au moins vingt années.

— Fumier ! Tu n'as rien contre moi.

— Enlèvement, séquestration, détention de calibre, utilisation abusive du petit train… T'en fais pas, on trouvera. C'est fini le Basque !

Un inspecteur entra.

— Passe les bracelets à monsieur et embarque-moi cette pourriture. N'oublie pas de le délester de son artillerie.

Le policier opina du chef et entraîna Olazagasti menotté au-dehors.

Marty se mit alors à sourire tout en s'avançant vers Èlissalde toujours sanglé à sa chaise.

— On ne peut pas dire qu'ils vous ont arrangé, ironisa le commissaire en défaisant ses liens.

— Fumier, va ! siffla Beñat. Vous vous êtes bien foutu de ma gueule.

— Mais non, je viens de vous sauver la vie.

— Vous savez très bien de quoi je veux parler.

Marty démêlait patiemment les cordes. Il savait qu'il allait être obligé de donner quelques explications au boutiquier.

— C'est vous qui m'avez indiqué Rodriguez pour que je le descende.

— Ah mais je ne vous ai rien indiqué du tout, j'ai juste évoqué une piste dans l'enquête, qui s'est d'ailleurs avérée fausse par la suite.

— Et votre petite liste soi-disant perdue ? Salaud, va !

— Ah c'est vous qui l'avez retrouvée ? Ça alors ! Ah, ça y est, vous voilà libéré.

Tout en se tenant les poignets qui le faisaient souffrir, Èlissalde parvint difficilement à se mettre debout.

— Bon, poursuivit Marty en changeant de ton. Il est vrai que je n'ai pas été particulièrement franc avec vous.

— Vous m'avez enflé du début jusqu'à la fin. Vous avez fait de moi un assassin.

— Tout de suite les grands mots ! Moi, je dirais plutôt que j'ai fait de vous le bras implacable de la justice. Ah mais bien sûr, cette justice-là, ce n'est pas celle des prétoires, celle qui refile des sursis, des libérations anticipées, des circonstances atténuantes aux truands, aux tueurs ou aux violeurs. Ça fait trente ans que je cours toujours après les mêmes, alors au bout d'un moment, ça commence à bien faire.

— Et vous vous êtes dit : avec cet abruti d'Èlissalde, je vais mettre de l'ordre. C'est ça?

— Déjà, abruti, je ne me serais jamais permis, mais en gros c'était un peu l'idée. Oh et puis arrêtez de faire votre mijaurée. Il me semble que vous n'avez pas rechigné à la besogne. Et vas-y que je flingue, que j'explose, que j'électrocute. Il n'a pas fallu vous pousser beaucoup. J'oserais même dire que vous y avez pris un certain plaisir.

— Je ne conteste pas le côté ludique, seulement, moi, j'ai fait ça pour venger mon frère.

— Eh bien, il a été vengé! Qu'est-ce que ça change à la fin ? L'important c'est que justice a été rendue, et la justice populaire, pas celle qui se balade en robe et hermine dans les prétoires. Bon, maintenant, il va falloir garder tout ça pour vous, hein? Non parce que là, on est bon pour les assises, surtout vous!

— Comment ça, surtout moi? se révolta Beñat.

Un claquement de mains bien appuyé dans leur dos les fit se retourner. Marty grimaça.

Devant eux se tenait Maillard.

— Tu es là depuis longtemps?

— Suffisamment. J'ai particulièrement apprécié le passage sur la justice populaire. Comment, vous, commissaire, avez-vous pu plonger là-dedans? Non, mais quel monceau de conneries !

— Tu dis ça parce que tu débutes dans le métier, mais tu verras à la longue.

— Je ne crois pas, non! Je me suis engagé dans la police avec un idéal et ce n'est pas celui de justicier ou de franc-tireur. Désolé, patron, mais sur ce coup je ne peux pas vous suivre.

— Que comptes-tu faire?

— Vous me mettez dans l'embarras.

— Excusez-moi, intervint benoîtement Beñat, mais je saigne un peu et...

— Toi, ta gueule! coupa net Marty. Alors, petit?

Maillard prit une profonde inspiration. Son visage fermé à double tour exposait sa contrariété.

— Je vous apprécie, commissaire, je dirais même que je vous aime bien, même si je ne supporte pas vos satanées Gitanes. À bien y regarder, votre carrière a été sans tache. Vous ne me laissez pas le choix.

— Je comprends. À ta place, à ton âge, j'aurais fait pareil. Bon, qu'on en finisse.

— Je vous laisse deux heures, pas une minute de plus. Barrez-vous, disparaissez et tâchez de vous faire oublier. Je ne peux pas plus!

Le commissaire le regardait avec étonnement. Il était soufflé par les mots de Maillard. Dans une voix mouillée d'émotion, il laissa échapper :

— Merci!

Avant d'ajouter :

— Je peux te demander une dernière faveur?

— Au point où on en est.

— Que celui-là vienne avec moi.

Il désignait Èlissalde en posant la main sur son épaule.

— Caltez-vous, je ne veux plus vous voir !

— Merci.

Alors qu'ils s'apprêtaient à passer la porte, Maillard lança :

— L'hélico... Bonne chance !

Épilogue

Quelque part entre Biarritz et Londres

Marty et Èlissalde occupaient deux sièges à l'arrière de l'avion. Au bout d'une heure de trajet, ils commencèrent enfin à se détendre. Les mignonnettes de whisky avaient aussi aidé à chasser cette tension qui les prenait depuis qu'ils s'étaient envolés de La Rhune. Beñat ne quittait pourtant pas sa mine soucieuse.

— Mais qu'est-ce que je vais devenir maintenant ? se lamenta-t-il.

— Un homme libre, c'est déjà pas si mal.

— À Londres ? Je ne connais personne là-bas.

— Ne vous en faites pas pour ça, on ne restera pas longtemps en Angleterre.

Marty, lui, souriait. Au fond, ce changement de vie l'excitait.

— J'ai des amis haut placés en Afrique, là, on

pourra se refaire. Que diriez-vous de travailler dans la sécurité ?

Comme Èlissalde grimaçait, Marty ajouta :

— Ou bosser dans une société de safari. Il paraît qu'ils ont de ces flingues !

Beñat commença à s'intéresser au projet.

— Alors, oubliez tout de suite la palombe ou le lapin. Là-bas, on passe au niveau supérieur.

— Ça ne me fait pas peur.

— Eh bien voilà, j'aime mieux ça. Tchin !

Ils commençaient à trinquer quand deux types un peu en avant se levèrent. En bon flic, Marty les avisa avec attention. D'un coup, les gars sortirent des flingues de leur blouson et se mirent à hurler :

— Nous sommes des combattants du Front oriental de la Palestine libre ! Le FOPL ! Nous détournons cet avion en son nom ! Que personne ne bouge !

Des hurlements ponctuèrent cette annonce.

— Mais que viennent foutre ces satrapes dans nos projets ? Non, mais je rêve, on ne peut donc pas avoir une minute tranquille dans ce monde !

— Nous atterrirons au Koweït, alors que tout le monde se tienne tranquille !

— Le Koweït ? Trop chaud pour moi, marmonna Marty en sortant un flingue de sa ceinture.

— Oui, pour moi aussi, confirma Èlissalde avec un éclair de détermination dans le regard. En plus, vous me confirmez, ceux-là, ce sont bien des malfaisants ?

— De la pire espèce.

— Alors, j'en suis.

— Tout sourire, il retira son Mauser de la poche de son manteau sous le regard étonné de l'ex-commissaire.

— Vous avez amené votre antiquité ?

— Bien entendu ! C'est mon fétiche. Bon, je prends celui de droite.

— Okay. À trois !

Comme un seul homme, ils se levèrent et libérèrent deux projectiles qui vinrent se loger dans le front des deux preneurs d'otages.

Sans se soucier des cris de panique des passagers, ils s'assirent et finirent de trinquer :

— À l'avenir !

À découvrir chez Terres de l'Ouest Éditions :

Un 26 août à Arcachon

de Éric Castaignède

Résumé éditeur :

Chaque jour depuis quinze ans, Hugo Sournet se rend au port de Larros où il ressasse en boucle un amour de vacances à jamais révolu. Quoi qu'il fasse, la belle Isaline occupe toujours ses pensées. Entre Arcachon et Gujan-Mestras tout lui remémore ces souvenirs savoureux. Mais un jour, un meurtre survient sur la jetée où Hugo a ses habitudes, puis rapidement, c'est un couple qui est retrouvé assassiné au même endroit. La stupeur et l'incompréhension gagnent la petite station balnéaire.

Régent, capitaine de gendarmerie tout droit débarqué de Paris, est chargé de mener l'enquête. Hugo, dont la présence quotidienne sur le lieu des crimes interpelle, se retrouve en tête des suspects. Tout en démêlant l'écheveau de cette affaire complexe, c'est l'histoire étonnante de ce jeune homme que le gendarme va faire resurgir, ressuscitant par la même occasion les causes du départ sans retour d'Isaline.

Décors superbes, personnages attachants admirablement incarnés, suspense parfaitement distillé… Entre histoire d'amour, amitiés éprouvées et enquête criminelle, tout y est !

292 pages – Prix public : 14,00€

Format 12×20,5 cm

ISBN : 979-10-97150-68-6

Type : Thriller en Gironde

La Dame d'Oléron de Florian Horru

Résumé éditeur :

Au cœur de la forêt de Saint-Trojan-les-Bains, des faits divers surprenants s'accumulent. Un squelette du siècle dernier émergeant des sables, puis un cadavre abandonné au milieu des fougères, et enfin un magnifique tombeau vieux de huit cents ans mis à jour dans une chapelle ensevelie sous la dune. Devant l'ampleur de la découverte historique, les autorités mandatent deux experts en archéologie forensique pour prêter main-forte à l'équipe du capitaine Bourguignon.

Les enquêteurs comprennent rapidement que trouver l'assassin va les contraindre à suivre un véritable jeu de piste élaboré au XIIe siècle. À la clef : un fabuleux trésor accumulé en son temps par la Dame d'Oléron. Et cette « Dame d'Oléron » reposant dans la chapelle, qui est-elle vraiment ?

Une enquête menée tambour battant et qui permet au lecteur d'explorer les plus anciens monuments de l'île.

Des personnages attachants que l'on retrouve avec plaisir dans une nouvelle aventure au suspense savamment dosé, mêlant la grande Histoire à la petite !

256 pages – Prix public : 12,50€

Format 12×18 cm

ISBN : 979-10-97150-63-1

Type : Roman policier

Éditions Terres de l'Ouest

ISBN : 979-10-97150-59-3

Dépôt légal avril 2021
Achevé d'imprimer en avril sur les presses de
La Nouvelle Imprimerie Laballery, en France
Numéro d'impression : 104.050